KB202000

오위인소역사

오위인소역사

: 알렉산더·콜럼버스·워싱턴·넬슨·표트르 약전

사토 쇼키치 저

이능우 역

손성준 옮김

보고사
BOGOSA

발간사

숭실대학교 한국기독교문화연구원은 1967년 설립된, 명실공히 숭실대학교를 대표하는 인문학 연구원으로 발전하여 오늘에 이르렀다. 반세기가 넘는 역사 동안 다양한 학술행사 개최, 학술지 『기독교와 문화』(구 『한국기독문화연구』)와 '불휘총서' 30권 발간, 한국기독교박물관 소장 자료의 연구에 주력하면서, 인문학 연구원으로서의 내실을 다져왔다. 2018년에는 한국연구재단의 인문한국플러스(HK+) 사업 수행기관으로 선정되어 또 다른 도약의 발판을 마련하였다.

본 HK+사업단은 "근대 전환공간의 인문학, 문화의 메타모포시스"라는 아젠다로 문학과 역사와 철학을 아우르는 다양한 인문학 연구자들이 학제간 연구를 진행하고 있다. 개항 이래 식민화와 분단이라는 역사적 격변 속에서 한국의 근대(성)가 형성되어온 과정을 문화의 층위에서 살펴보는 것이 본 사업단의 목표이다. '문화의 메타모포시스'란 한국의 근대(성)가 외래문화의 일방적 수용으로도, 순수한 고유문화의 내재적 발현으로도 환원되지 않는, 이문화들의 접촉과 충돌, 융합과 절합, 굴절과 변용의 역동적 상호작용을 통해 형성되었음을 강조하려는 연구 시각이다.

본 HK+사업단은 아젠다 연구 성과를 집적하고 대외적 확산과 소통을 도모하기 위해 총 네 분야의 총서를 발간하고 있다. 〈메타모포시스 인문학총서〉는 아젠다와 관련된 연구 성과를 종합한 저서나 단독 저서로 이뤄진다. 〈메타모포시스 번역총서〉는 아젠다와 관련하여 자료적 가치를 지닌 외국어 문헌이나 이론서들을 번역하여 소개한다. 〈메타모포시스 자료총서〉는 숭실대 한국기독교박물관에 소장된 한국 근대 관련 귀중 자료들을 영인하고, 해제나 현대어 번역을 덧붙여 출간한다. 〈메타모포시스 교양문고〉는 아젠다 연구 성과의 대중적 확산을 위해 기획한 것으로 대중 독자들을 위한 인문학 교양서이다.

본 사업단의 연구가 진행되는 가운데 새로운 총서 시리즈인 〈근대계몽기 서양영웅전기 번역총서〉를 기획하였다. 1907년부터 1911년까지 집중적으로 출간된 서양 영웅전기를 현대어로 번역하여 학계에 내놓음으로써 해당 분야의 연구 자료로 제공하자는 것이 기획 의도이다.

총 17권으로 간행되는 본 시리즈의 영웅전기는 알렉산더, 콜럼버스, 워싱턴, 넬슨, 표트르, 비스마르크, 빌헬름 텔, 롤랑 부인, 잔 다르크, 가필드, 프리드리히, 마치니, 가리발디, 카보우르, 코슈트, 나폴레옹, 프랭클린 등 서양 각국을 대표하는 인물이다. 1900년대 출간 당시 개별 인물 전기로 출간된 것도 있고 복수의 인물들의 약전으로 출간된 것도 있다. 이 영웅전기는 국문이나 국한문으로 표기되어 있는데, 국문본이어도 출간 당시의 언어로 표기되어 있으므로 지금 독자가 읽기에는 다소 어려울 것으로 예상된다. 이에 원문을 현대어로 번역하고, 원자료를 영인하여 첨부함으로써 일반 독자는 물론 전문 연구자에게도 연구 자료로 제공하고자 했다. 현대어 번역은 해당 분야 전문가의 도움을 받았다. 본 시리즈가 많은 독자와 만날 수 있도록 애써 주신 연구자들께 감사드린다.

동양과 서양, 전통과 근대, 아카데미즘 안팎의 장벽을 횡단하는 다채로운 자료와 연구 성과를 집약한 메타모포시스 총서가 인문학의 지평을 넓히고 사유의 폭을 확장하는 데 기여할 수 있기를 기대한다.

2025년 3월
숭실대학교 한국기독교문화연구원 HK+사업단장
장경남

차례

오위인소역사

일러두기

01. 번역은 현대어로 평이하게 읽힐 수 있는 것을 원칙으로 하였다.

02. 인명과 지명은 본문에서 해당 국가의 발음을 한글로 표기하고 각주에서 원문의 표기법과 원어 표기법을 아울러 밝혔다. 역사적 실존 인물인 경우 가급적 생몰연대도 함께 밝혔다.

    예) 루돌프(羅德福/ Rudolf I, 1218~1291)

03. 한자는 꼭 필요한 경우 괄호 안에 병기하였다.

04. 단락 구분은 원본을 기준으로 삼되, 문맥과 가독성을 위해 필요한 경우 번역자가 추가로 분절하였다.

05. 문장이 지나치게 길면 필요에 따라 분절하였고, 국한문 문장의 특성상 주어나 목적어 등 필수성분이 생략되어 어색한 경우 문맥에 따라 보충하여 번역하였다.

06. 원문의 지나친 생략이나 오역 등으로 인해 그대로 번역했을 때 의미가 잘 전달되지 않는 경우 번역자가 [ ] 안에 내용을 보충하여 번역하였다.

07. 대사는 현대의 용법에 따라 " "로 표기하였고, 원문에 삽입된 인용문은 인용 단락으로 표기하였다.

08. 총서 번호는 근대계몽기 영웅 전기가 출간된 순서를 따랐다.

09. 책 제목은 근대계몽기에 출간된 원서 제목을 그대로 두되 표기 방식만 현대어로 바꾸고, 책 내용을 간결하게 풀이한 부제를 함께 붙였다.

10. 표지의 저자 정보에는 원저자, 근대계몽기 한국의 번역자, 현대어 번역자를 함께 실었다. 여러 층위의 중역을 거친 텍스트의 특성상 번역 연쇄의 어떤 지점을 원저로 정할 것인지가 문제였다. 일단 근대계몽기 한국의 번역자가 직접 참조한 판본부터 거슬러 올라가면서 번역 과정에서 많은 개작이 이뤄진 가장 근거리의 판본을 원저로 간주하고, 번역 연쇄의 상세한 내용은 각 권 말미의 해설에 보충하였다.

오위인소역사

사토 쇼키치(佐藤小吉) 저(著)

이능우(李能雨) 역(繹)[1]

오위인소역사 목록

- 알렉산더 대왕
- 콜럼버스
- 워싱턴
- 넬슨
- 표트르 대제

---

[1] 역(繹): 통상적으로 번역자의 한자 '역'은 '譯'이지만 여기서는 '풀어내다', '찾다'의 의미를 지닌 '繹'이 사용되었다.

알렉산더 대왕*

　서양 여러 나라 가운데 가장 먼저 개명(開明)한 나라는 그리스이고 다음은 로마다.[1] 지금의 영국·프랑스·독일 등의 개명은 다 훗날에 이루어졌다. 즉 그리스·로마의 문명이 이 여러 나라에 도입되어 풍습의 교화가 진전된 것이다. 무릇 그리스는 서력(西曆)[2] 기원전 2200년, 지금으로부터 거슬러 올라가면 약 4100년 전의 나라다. 자못 성대했으나 기원전 356년경에[3] 그 국세(國勢)가 쇠약해졌다.

---

*　알렉산더 대왕(亞歷山, Alexandros the Great, BC 356~BC 323), 저본인 사토 쇼키치의 『소년지낭 역사편』은 챕터 제목에 "ALEXANDER THE GREAT"라는 영문명이 병기되어 있다.(이하 『소년지낭 역사편』은 『소년지낭』으로 약칭한다.)

1) 서양 여러 …… 다음은 로마다.: 『소년지낭』은 이 문장 앞에 다음 내용이 먼저 위치한다. "일본에서 위대한 인물을 꼽으라면 다이코(太閤: 도요토미 히데요시를 말함, 역주)라 하는 것처럼, 서양에서는 알렉산더라든지 나폴레옹이라든지의 이름을 댈 것입니다. 그렇다면 알렉산더란 어떤 인물인지, 그의 전기를 기술해 보겠습니다."(1쪽) 여기서 『소년지낭』의 특징 두 가지가 『오위인소역사』에는 반영되지 않았음을 알 수 있다. 하나는 경어체의 구사이고, 다른 하나는 서양 역사를 서술할 때 일본 역사와 비교하며 설명하는 것이다. 번역자 이능우의 이러한 개입은 『오위인소역사』 전체에서 일관되게 나타난다.

2) 서력(西曆): 『소년지낭』의 경우 서력이 아닌 천황의 시대에 근거한 일본식 연호를 제시하였다. 즉, 『오위인소역사』의 서력 사용은 그 자체로 저본과의 큰 차이 중 하나이다.

3) 기원전 356년경에: 『소년지낭』에는 "제6대 고안(孝安) 천황대 무렵에는"(2쪽)으로 되어 있다.

그리스 북쪽에 마케도니아(한문의 마기둔(馬基頓))⁴⁾라 하는 나라가 있었는데, 이 나라가 지금은 튀르키예의 영토가 되었다. 그때는 매우 미개하였므로 그리스인이 이를 두고 야만국이라 칭하였다. 그 나라에 필리포스⁵⁾(한문의 비라(腓立))라는 왕이 있었다. 그는 그리스를 공격하여 영토를 차지하다가 피살되었지만, 사실은 유명한 왕⁶⁾이었다. 알렉산더는 바로 이 필리포스의 아들이다. 알렉산더가 태어난 것은 기원전 356년⁷⁾이다. 알렉산더는 유년시절부터 뛰어난 일이 많았다.

그리스에서는 올림피아라 하는 경기가 있어 4년마다 1회씩 경주자가 각지로부터 모여든다. 그 일등상을 획득한 이는 명예가 높았다. 알렉산더는 원래 달리기에 능숙하여 사람들이 "당신은 어째서 경주에 나가지 않습니까?"라고 물었다.⁸⁾ 또한 그의 아버지 필리

---

4) 한문의 마기둔(馬基頓): 번역자 이능우가 한글 '마게도니아'로 번역한 뒤 주석으로 붙인 것이다. 참고로 원주(原註)는 괄호가 아니라 본문 중 작은 글씨로 제시되어 있다. 이하 원주는 괄호로 표기한다.

5) 필리포스(후이리포, Philip II, 기원전 382~기원전 336): 정확하게는 필리포스 2세이다. 업적과 명성에 있어서 아들 알렉산더 대왕에게 가려진 면이 있지만, 사실 그에 비견되는 명군이다. 군사 개혁과 정복 전쟁을 통해 소국이었던 마케도니아의 신속한 발전을 견인하였다.

6) 유명한 왕: 『소년지낭』에는 "中々豪い王(꽤 훌륭한 왕)"(2쪽)으로 되어 있다.

7) 기원전 356년: 『소년지낭』에는 "우리 일본의 기원 305년으로 정확히 고안 천황의 치세 때에 해당합니다."(2쪽)라고 되어 있다.

8) 당신은 …… 물었다.: 『소년지낭』에서는 다음에 "아, 제가 각국의 제왕들과 무언가 경연을 벌인다면 하겠지만 단순한 경주라면 사양합니다."(3쪽)라는 알렉산더의 대답이 등장하는데, 『오위인소역사』에서는 생략되어 문맥이 자연스럽지 않게 되었다. 이 문장은 이어지는 다음 내용, 즉 아버지 필리포스왕을 경쟁자로 여기는 알렉산더의 일화를 고려할 때도 중요한 연결고리라 할 수 있다.

포스가 타국에 승전하니 들은 자는 다 기뻐하였는데 오직 알렉산더는 불평하며 이렇게 말했다고 한다.

"내 부친이 타국을 전부 차지하면 내가 무슨 땅을 차지하겠는가?"

또한 그때에 필리포스왕에게 준마(駿馬)를 팔려는 자가 있었다. 왕이 여러 신하들과 더불어 함께 말을 타고 달려보려 했지만 그 말이 사나워 달아날 것을 걱정하였다. 본래 주인에게 돌려보내려 하니, 알렉산더가 이렇게 말했다.

"애석하구나. 말 타는 법을 모르고 명마를 탄다고 하는구나."

필리포스왕은 이 말을 듣고 알렉산더에게 명하여 타라고 하며 또 이렇게 말했다.

"네가 이 말을 제어하지 못하면 벌이 있을 것이다."

알렉산더는 대답했다.

"이 말을 길들여 복종케 하지 못하면 말의 가격을 제가 담당하겠습니다."

주변의 여러 신하는 다 알렉산더의 큰소리를 비웃었다. 그러나 알렉산더는 용맹하고 민첩하여 곧 말을 끌어당겨 햇빛 가운데로 재빠르게 향하였다. 이에 사람과 말의 그림자가 갑자기 번쩍여 섬돌 아래 번갯불이 떨어지는 것 같았다. 말이 그 그림자를 보고 크게 놀라 날뛰었는데 알렉산더가 더욱 채찍질을 가하다가 얼마 안 가서 그 기운이 진정된 것을 보았다. 비로소 몸을 날려 말에 올라타고는 바람과 같이 질주하고 또 천천히 걷기도 하며 자유롭게 말을 몰고 가니, 사람마다 모두 칭찬과 감탄을 보냈다. 필리포스는 크게 기뻐하여 이렇게 말했다.

"너와 같은 이에게 이 마케도니아는 너무 작도다. 너는 광대한 나라를 점령하는 것이 옳다."

이상을 보면 그 사람됨을 알 수 있다. 그 후에 필리포스는 다양한 스승을 선별하여 알렉산더가 각종 교과를 배울 수 있게 하였다. 그 스승 중에 아리스토텔레스[9]라는 사람은 그리스 학자로서 유명한 실로 세계적인 철학자였다. 지금까지도 많은 이들이 그 사람의 말을 인용하고 있다.

필리포스왕이 그리스의 태반을 평정하여 맹주가 되고[10] 또한 페르시아를 정벌하고자 하다가 중도에 누군가에게 피살당하였다. 이때 페르시아는 아시아의 최대 강국이었다. 그리스를 병탄(倂呑)하고자 하여 전쟁을 일으킨 일도 있었다. 그러나 당시에 그리스 사람들은 그 애국심이 지극히 강하였기 때문에 일심으로 방어하여 마침내 페르시아의 대군을 격파하였다.[11]

알렉산더가 그 아버지를 대신하여 왕이 된 것은 기원전 337년

---

9) 아리스토텔레스(아리즈도-도루, Aristotle, BC 384~BC 322): 고대 그리스의 철학자로서, 논리학·윤리학·정치학·자연과학 등 다양한 분야에서 서양 학문의 기초를 세운 인물이다.

10) 평정하여: 『오위인소역사』에는 "定ᄒ야盟主가, 되고"(3쪽)라 되어 있지만 『소년지낭』의 해당 부분은 "평정하여, 스스로 그리스의 맹주가 되고"(7쪽)라 되어 있다. 콤마의 위치나 생략된 부분 등 차이가 적지 않다. 이는 이능우의 번역에서 나타나는 일관된 현상이다.

11) 격파하였다. : 『소년지낭』에서는 다음의 내용이 이어지지만 이능우에 의해 생략되었다. "격파하였다고 이르는데, 예컨대 우리나라의 겐코노에키(元寇の役)라고도 할 수 있는 사건이 있었습니다."(7~8쪽) 겐코노에키(元寇の役)란 원나라가 1274년, 1281년에 감행한 일본 정벌을 뜻한다.

으로,[12] 그의 나이 20세였다. 당시 페르시아에서도 다리우스[13](한문의 대류사(大流士))가 왕이 되었으니, 훗날 용호상박(龍虎相搏)의 싸움을 하게 되는 인물이 동시에 두 나라의 왕이 된 것이다.

알렉산더가 즉위한 후에 각 처의 소동과 모반 등이 많았다. 왕이 그리스의 맹주가 되자 부왕(父王)의 뜻을 이어 페르시아를 정벌하니, 이는 그리스인이 모반하고자 하는 마음을 바꾸어 페르시아 정벌로 향하게 하기 위함이었다.

왕이 즉위한 지 3년이 되자 출병 준비가 이미 완료되었다. 드디어 아시아를 정벌하니 보병이 3만이요 기병이 5천이었다. 당시 이 군사 행동에 관하여 정치가와 학자 등 앞다투어 축하하는 자가 많았는데, 시노페[14]의 디오게네스[15]라 하는 학자 한 명만은 오지 않았다. 알렉산더는 친히 디오게네스의 집으로 갔다. 선생은 태양을 향하여 일광욕을 하고 있었는데, 왕이 온 것을 보고 마루에 올랐다. 알렉산더가 물었다.

"선생이 혹 원하는 것이 있는가?"

---

12) 기원전 337년: 『소년지낭』에는 "우리 기원 325년(고안(孝安) 천황 57년)"(8쪽)으로 되어 있다.

13) 다리우스(싸리아즈, Darius III, BC 380~BC 350): 아케메네스 왕조 페르시아 제국의 마지막 왕으로, 알렉산더 대왕에게 이수스 전투(BC 333)와 가우가멜라 전투(BC 331)에서 패배했다. 패전 후 도망치다가 부하에게 배신당해 살해되었고, 그의 죽음으로 페르시아 제국은 멸망했다.

14) 시노페(시노-푸, Sinope)

15) 디오게네스(싸이오제네즈, Diogenes, BC 412~BC 323): 고대 그리스의 키니코스학파 철학자로, 자연에 따른 삶과 물질적 욕망의 최소화를 주장했다. 극단적인 검소함과 풍자적 행동으로 철학적 메시지를 전달했다.

"원하는 것은 없고 오직 일에서 물러나 한가히 지내며 일광욕하는 것만 원하오."[16]

디오게네스의 대답에 가신(家臣) 모두가 크게 웃었다. 그러나 알렉산더는 홀로 감탄하여 이렇게 말했다.

"아! 내가 알렉산더가 아니었다면 디오게네스가 되기를 바랐을 것이다."

이는 그 높은 절개를 공경하고 상찬한 것이다.

무릇 알렉산더의 이 원정은 곧 역사상의 유명한 전쟁이었다. 그리스와 마케도니아의 영웅호걸들이 운집하였고 적군도 그 부(富)와 세력이 강한즉, 쉽게 승부를 결정할 수 없었다. 그 전투는 용이 약동하고 호랑이가 울부짖으며 싸우는 것과 같아 비를 부르고 구름을 일으키는 결과로 이어져 서로 고전하였다. 그러나 결국 알렉산더는 항상 승전을 거두었다. 알렉산더는 마게도니아의 군을 이끌고 다르다넬스 해협[17]을 건너 도처의 적을 격파하고, 소아시아의 해협을 함락시켜 이집트를 차지하였다. 가우가멜라[18]라는 곳에서 페르시아왕을 대파하고[19] 그 수도 페르세폴리스[20]를 함락시켰는데도,

---

16) 원하는 것은 …… 것만 원하오: 이 대답은 오역 혹은 의도적 다시쓰기라 할 수 있다. 저본인 『소년지낭』의 해당 대목은, "특별히 없는데 거기에서 좀 물러나 조금 더 햇볕을 쐬게 해주시오."(10쪽)라고 되어 있다. 알렉산더와 디오게네스 사이의 이 일화는 유명한 편인데, 실제로도 『소년지낭』의 문장이 널리 알려진 내용에 부합한다.

17) 다르다넬스 해협(싸루다네루海峽, Dardanelles Strait)

18) 가우가멜라(까-까메라, Gaugamela)

19) 페르시아왕을 대파하고: 『소년지낭』에서는 "페르시아왕과 세키가하라(關が原)와 같은 의미의 싸움을 벌여 결국 이를 격파하고"(12쪽)라고 되어 있으나 『오위인소

오히려 더욱 전진하여 인더스강[21]을 건너 땅이 있는 대로 점령하고 나라가 있는 대로 공격하여 모두 차지하고자 하였다. 그러나 부하들이 멀리 행군하는 것을 좋아하지 않아서 인더스강에서 회군하였다. 자신은 육군을 인솔하고 부하인 네아르코스[22]는 해군을 인솔하여 해로(海路)로 페르시아만에 진출하여 수사[23]에 무사히 도착하게 하였다.

그 후에 알렉산더는 바빌론[24](한문의 파비륜(巴比倫))에 입성하여 머물렀다. 그러나 알렉산더에게는 시종 하나의 공명심이 불타오르고 있어서, 인도를 정벌하지 않고 헛되이 돌아갈 마음이 별로 없었다. 혹 기회가 있다면 아라비아[25]와 아프리카[26] 연안의 땅을 정복하고자 하였다.

이러한 영웅도 질병에는 대적할 수 없었다. 음주가 지나쳤던 나

역사』에서는 축약되었다. 이렇듯 일본 관련 요소를 삭제하는 번역 태도는 일관성 있게 유지된다. 참고로, 도쿠가와 이에야스(德川家康) 진영이 승리한 세키가하라 전투(1600)는 일본의 전국시대가 종식되고 에도 막부(江戶幕府)의 시대가 처음 열리는 계기가 되었다.

20) 페르페폴리스(파-세포리즈, Persepolis)

21) 인더스강(印度江, Indus River)

22) 네아르코스(네아루가즈, Nearchus, BC 360~BC 300경): 알렉산더 대왕의 부하 장군이자 해군 제독으로, 인도 원정 후 인더스 강에서 페르시아까지 항해하며 해상 탐험을 지휘했다. 그의 항해 기록은 알렉산더의 동방 원정과 고대 해양 탐사 연구에 중요한 자료로 남았다.

23) 수사(즈-사, Susa)

24) 바벨론(바비론, Babylon)

25) 아라비아(亞伯拉窄, Arabian)

26) 아프리카(亞弗利加, Africa)

머지 열병이 발생하여 기원전 324년 7월[27]에 사망하니, 그의 나이 겨우 32세요, 즉위한 지 12년 8개월이었다.

알렉산더가 죽음을 맞이할 때 옆에 있던 사람이 물었다.

"영토를 누구에게 양도할까요?"

알렉산더는 이렇게 대답하였다.

"누구든지 가장 적합한 이에게 위임하라."

그 마음은 누구를 막론하고 영토를 통치할 능력이 있는 사람을 택하여 쓰라는 뜻이었다.[28]

알렉산더가 출병한 후로부터 바벨론으로 돌아오기까지의 기간은 10개월에 불과했지만 그 영토는 광대해졌다. 마케도니아와 그리스 외에 남쪽으로는 소아시아, 아프리카의 이집트에 이르고, 동쪽으로는 인더스강을 넘었으며, 북쪽으로는 흑해(黑海)와 카스피해[29]에 이르렀다. 옛날부터 이렇게 광대한 왕국은 없었다. 그러나 그 부하 사졸(士卒)들이 멀리 전진하는 노고를 생각하지 않았더라면 동방에서도 그 침략을 피할 수 없었을 것이다.[30]

---

27) 기원전 324년 7월: 『소년지낭』에는 "우리 기원 338년 7월"(13쪽)로 되어 있다.

28) 뜻이었다. : 『소년지낭』에는 이 대목 바로 다음에 "매우 담대한 일이 아니겠습니까."(14쪽)라는 문장이 등장한다.

29) 카스피해(裏海, Caspian Sea)

30) 없었을 것이다. : 『소년지낭』에는 이 대목에 이어 다음 내용이 등장하지만 『오위인소역사』에서는 생략되었다. "이야기만으로는 이해하기 어려우므로 알렉산더의 모국인 마케도니아라는 나라와 또한 정복한 나라들을 한눈으로 알 수 있도록 지금 그림을 보여드리겠으니, 정복당한 국가들이 마케도니아와 비교하여 어느 정도로 방대한지를 보십시오."(14~15쪽) 실제 『소년지낭』의 8쪽에서 9쪽 사이에는 삽화 2점이 존재하는데, 하나는 알렉산더 대왕의 얼굴이고 다른 하나는 알렉산더 대왕이

알렉산더가 동서양의 학문과 종교와 풍속과 습관을 혼합하고 자기는 대국왕이 되고자 했으나, 불행히 병에 걸려 그 영유국의 기초가 확립되지 않았을 때 느닷없이 사망하니, 어찌 애석하지 않겠는가. 세상 사람들은 알렉산더를 단지 왕이라 칭하지 않고 대왕이라 부른다.

알렉산더가 때때로 분노를 참지 못하여 충신을 다수 죽인 잘못된 일이 있었다. 그러나 크게 감복할 만한 사건도 많다. 더운 여름의 전쟁에서 사졸들은 말을 타서 피로하고 알렉산더도 갈증이 심하였다. 휘하의 어떤 이가 투구에 물을 채워 알렉산더에게 바쳤다. 알렉산더는 이렇게 말하며 받지 않았다.

"질병과 갈증은 마찬가지니 나 한 명만 어찌 혼자 마시겠는가."

이에 부하들도 모두 "우리들은 갈증이 없습니다."라고 말하며 곧장 말을 달려 나갔다.

또한 알렉산더는 노획한 금전과 보물 등은 부하들에게 하나하나 나누어주고 자신은 갖지 않았다.

한편, 포로로 잡힌 여자[31]가 죽자 성대한 장례를 치르게 하니

정복한 영토를 재현한 지도이다. 참고로 『소년지낭』에 실린 삽화는 총 7장이다. 언급했던 '알렉산더' 편의 1장(2점) 외에, '콜럼버스' 편 2장(21쪽: 초상 / 32~33쪽 사이: 아메리카 대륙 발견 모습), '워싱턴' 편 1장(39쪽: 초상), 〈넬슨〉 편 2장(57쪽: 초상 / 68~69쪽 사이: 전사(戰死) 장면), 〈표트르〉 편 1장(79쪽: 초상과 선박 작업실)이다. 『오위인소역사』에서는 이러한 그림 또한 모두 생략되었다.

31) 포로로 잡힌 여자: 『소년지낭』에는 "사로잡힌 적의 왕비(擒になった敵の妃)"(16쪽)라고 되어 있다. 오역인지 '왕비'의 죽음을 다루지 않기 위한 번역자의 의도적 개입인지 불명확하다. 다만 왕비의 죽음이 아니고서는 이어지는 성대한 장례나 다리우스왕의 감동 등을 쉽게 이해할 수 없다. 즉, 이 번역문으로 인해 『오위인소역사』의

적국 페르시아왕 다리우스가 듣고 크게 감복하여 이렇게 신에게 기도한 일화도 있었다.

"만약 내가 승전한다면 알렉산더에게 사례할 것이요, 만약 불행히 패배한다면[32] 알렉산더에게 페르시아를 땅을 모두 양도하게 해주소서."

훗날 알렉산더는 다리우스의 사망 소식을 듣고 슬프게 울었으며 국왕의 예로 장례를 지내주었다. 원래 다리우스는 어질고 덕과 도량이 큰 군왕이어서, 땅을 양도하고 신께 기원하는 일에 있어서는 범상한 사람이 비할 바가 아니었다.

애초에 알렉산더가 티레[33]라는 곳을 포위 공격했을 때 다리우스가 화친을 청하며 이렇게 말한 적이 있다.

"포로의 몸값 1만 달란트[34]를 배상하고 유프라테스강[35]을 경계로 하여 그 서쪽의 땅을 부여하겠다."

알렉산더가 여러 대장군들과 회의를 하였는데 파르메니오[36]는 이렇게 말했다.

"제가 알렉산더라면 받아들이지 않겠습니다."

이에 알렉산더는 "내가 파르메니오라면 이를 받아들이지 않겠

내용 전개가 다소 부자연스러워진 것이다.

32) 불행히 패배한다면:『오위인소역사』에는 "若不幸ㅎ면"(7쪽)으로 되어 있다. 문맥을 고려하여 수정하였다.

33) 티레(다이루, Tyre)

34) 달란트(다렌도, talent)

35) 유프라테스강(에우후라도河, Euphrates River)

36) 파르메니오(파라루메니오-, Parmenio)

군."이라고 말하며 서로 웃었다.

하루는 한 조각사가 알렉산더에게 이렇게 권하였다.

"트라키아[37]의 아토스산[38]은 사람의 형상을 새기기에 좋습니다.[39] 이 산에 왕의 초상을 조각하여 후세에 영구히 남기시는 것이 어떠한지요? 이 장소로 말하면, 왼쪽으로는 1만 명 이상의 사람들이 거주하는 대도시가 가로놓여 있고 오른쪽으로는 끊임없이 바다로 흘러 들어가는 급류의 큰 강을 조망하는 천연의 명산입니다."

그러나 알렉산더는 승낙하지 않았다. 이는 그 뜻에 이러한 일은 하지 않아도 무방하기 때문이다. 알렉산더가 거쳐간 산과 강과 도시와 바다는 어디를 막론하고 전쟁 공훈에 대한 기념물이 생겼다. 오늘날까지 세상 사람이 손가락으로 가리키는, 지금의 이집트 나일강[40] 근처에 알렉산드리아[41]부(府)(한문의 아력산덕(亞歷山德))라 하는 유명한 도시가 있다. 이는 알렉산더가 직접 그 이름을 명한 것이니, 이집트뿐 아니라 아시아에도 대여섯 군데의 알렉산드리아 부라고 명한 곳이 있었지만, 지금은 다 그 이름이 변경되었고 이집트에만 전해지고 있다. 이는 알렉산더를 기념하는 데 가장 적합한 이름이다. 그러므로 그 이름을 들으면 그 사람을 회상하게 된다.[42]

37) 트라키아(즈레즈, Thrace)
38) 아토스산(아쏘즈, Mount Athos)
39) 좋습니다.:『소년지낭』에는 이 대목 다음에 "만약 왕께서 원하신다면 어떤가요?"(18쪽)가 있지만 『오위인소역사』에서는 생략되었다.
40) 나일강(지니-루江, Nile River)
41) 알렉산드리아(아레구산쓰리아, Alexandria)
42) 회상하게 된다.:『소년지낭』에는 이 대목 다음에 "조그만 마케도니아 공국에서

일어나 엄청난 대국을 차지한 것과 또한 야심이 큰 점들은, 다이코(太閤)가 일개 필부에서 몸을 일으켜 세워 천하를 손에 넣고 결국 조선과 지나(支那)의 정벌에 나선 것과 또 배포가 컸던 점들과 매우 흡사할 것입니다."(20쪽)라는 내용이 있지만, 『오위인소역사』에서는 생략되었다. 번역자 이능우가 일본 관련 요소를 삭제한 것이다. 이 대목은 도요토미 히데요시가 일으킨 임진왜란을 알렉산더의 업적에 비견하고 있다는 점에서 주목을 요한다.

콜럼버스[1]

세상 사람들이 서반구(西半球)를 신세계라고 하는 이유는 이 반구가 후세에 비로소 발견되었기 때문이다. 그 발견의 전말을 여기에 상세히 기록하겠다.

서력 13세기경,[2] 서양에서 활자의 발명과 포직(布織)과 지제(紙製)[3]가 출현하여 세상이 크게 발전하였다. 지나(支那)의 원나라[4] 천자(天子) 징기즈칸[成吉思汗] 시기에 이탈리아인 마르코 폴로[5]가 와서 섬겼다. 그는 귀국할 때 아시아 남해안[6]을 따라 인도로부터 페

---

1) 콜럼버스(閣龍, Columbus, 1451~1506), 『소년지낭』의 챕터 제목에는 "CHRIS-TOPHER COLUMBUS"라는 영문명이 병기되어 있다.

2) 서력 13세기경: 『소년지낭』에는 "우리의 아시카가(足利) 막부 말경"(20쪽)으로 되어 있다.

3) 포직(布織)과 지제(紙製): 베를 짜고 종이를 제조한다는 의미이지만, 저본인 『소년지낭』에는 "거친 베로부터 종이를 만들거나(粗布より紙を製しましたり)"(22쪽)로 되어 있어 오역에 가깝다.

4) 지나(支那)의 원나라: 『소년지낭』에는 "여러분이 아시듯 우리나라에 외적[寇]을 보낸 원(元)이라는 나라"(22쪽)로 되어 있다. 즉, "지나(支那)"는 이능우가 첨가한 것이며 "원나라" 앞의 수식은 일본사에 해당하는 대목이라 생략한 것이다.

5) 마르코 폴로(마루고포로, Marco Polo, 1254~1324): 이탈리아 출신의 상인이자 탐험가로, 13세기 후반 몽골 제국의 쿠빌라이 칸을 만나고 아시아를 여행한 경험을 『동방견문록』으로 남겼다. 그의 기록은 유럽에 아시아의 문화를 소개하는 데 중요한 역할을 했으며, 후대의 탐험가들에게 큰 영향을 미쳤다.

6) 남해안: 『소년지낭』에는 "동해안(東海岸)"(22쪽)으로 되어 있다. 그러나 이는 오

르시아만에 들어가 바그다그[7]와 콘스탄티노플[8]을 통과하였는데, 원산지의 많은 진귀한 보물과 옥석(玉石)들을 가져와 사람들에게 말하길 "아시아 남방에는 유명한 가옥은 금으로 된 지붕이 덮여 있고 신기하고 화려한 향기로운 꽃들이 있으며 무한한 황금보석이 저장되어 있다."라고 하였다.[9]

그러나 어느 곳에서부터 이 땅[10]으로 가야 할지를 말하는 것이 어려웠다.[11] 아프리카 남해안을 따라 항해하면 불타는 듯한 태양열로 인해 위험을 무릅쓰기 어려웠으며, 또한 튀르키예로부터 아시아로 건너가고자 해도 당시 튀르키예인이 소아시아 지역에 있어 방해하니 이 길로 왕래하는 것은 불편하였다. '어떠한 방법으로 건너갈 것인가?'라면서 각자가 깊이 고민할 때, 좋은 방법을 떠올린

역이 아니라 이능우가 의도적으로 수정한 것으로 보인다. 인도를 경유하는 마르코 폴로의 이동 경로를 고려하면 아시아의 동해안보다는 남해안으로 표현하는 것이 진상에 가깝기 때문일 것이다. 애초에 사토 쇼키치가 "동해안"으로 쓴 이유는 일본의 지리적 중심성을 강조하기 위한 것으로 판단된다.

7) 바그다그(바구짜-쏘, Baghdad)

8) 콘스탄티노플(곤즈단지노루, Constantinople)

9) 말하였다.: 이 문장과 이어지는 단락 사이, 『소년지낭』에는 다음 내용이 있었으나 『오위인소역사』에서는 생략되었다. "마르코폴로의 지팡구라는 섬은 바로 우리 일본을 가리키는데, 이로써 우리나라가 서양에 널리 알려지기 시작한 것이라고 합니다. 마르코폴로가 우리 지팡구에 대하여 대단히 재미있게 소개한 이래로 유럽인들의 마음에 너무도 자극을 주었으며, 항해술과 탐험을 하는 일이 대단히 유행했던 시대였으므로 누구라도 그런 섬은 한번 가고 싶다고 마음속에 생각지 않는 이가 없었습니다."(23쪽)

10) 이 땅: 『소년지낭』에는 "지팡구"(23쪽)로 되어 있으나, 일본 관련 사항을 축소하는 흐름에 따라 수정된 것으로 보인다.

11) 가야 할지를 말하는 것이 어려웠다.: 『오위인소역사』에서는 "往홀지"까지만 나와 있다. 『소년지낭』의 해당 대목(23쪽)을 참조하여 보충하였다.

이가 있었으니 바로 콜럼버스(한문의 가륜파(哥倫波) 또는 가륜포(可倫布))이다.

　콜럼버스는 양털을 빗어 파는 상인의 아들이었다. 서력 1436년[12]에 이탈리아 제노바[13] 시에서 태어나니 바로 태종 18년 병진(丙辰)[14]이었다.

　콜럼버스는 장남이었고, 바톨로메오[15]와 디에고[16]라는 2명의 남동생과 1명의 여동생이 있었다. 하지만 이들의 눈에 띄는 행보는 없어서, 세상 사람은 콜럼버스로 인해 그 이름들을 알게 된 것이다.

---

12) 서력 1436년: 『소년지낭』에는 "우리나라의 고하나조노(後花園) 천황 때인 에이쿄(永亨) 9년"(24쪽)으로 되어 있는데, 이는 곧 1437년이라 잘못 옮겨졌음을 알 수 있다. 그런데 콜럼버스의 실제 출생 시기는 1451년이기 때문에 두 텍스트가 다 오류를 범한 셈이다.

13) 제노바(쩨노아, Genoa)

14) 태종 18년 병진(丙辰): 『오위인소역사』에는 "太宗18年丙辰"(9쪽)으로 되어 있으나 태종 18년은 1418년이라 앞의 1436년과 맞지 않으며, 병진년인 1436년과도 일치하지 않는다. 만약 이 대목을 "세종 18년"으로 수정한다면 적어도 1436년 병진년과 상통하는 의미가 된다. 다만 "태종 18년"은 저본인 『소년지낭』의 오류에서 기인한 것일 수도 있다. 『소년지낭』에서 이 대목은 "정확히 남북조가 통일되고부터 26년째에 해당합니다."(24쪽)라고 되어 있다. 중세 일본의 남북조 통일은 1392년의 사건이므로 26년째는 1418년, 바로 "태종 18년"이 된다. 하지만 뒤에 "병진"이 수반되는 만큼 "태종 18년"은 "세종 18년"의 오식일 가능성이 좀 더 크다.

15) 바톨로메오(바-소로미에, Bartholomew Columbus, 1461~1515): 크리스토퍼 콜럼버스의 동생이자 항해사, 지도 제작자로, 신세계 탐험과 스페인 식민지 개척을 도운 인물이다.

16) 지아코모(데-고-, Giacomo Columbus, 1468~?): 크리스토퍼 콜럼버스의 두 번째 동생으로, 그의 신세계 탐험과 식민지 통치에서 조력자 역할을 한 인물이다. 그런데 『오위인소역사』의 "데-고-(9쪽)나, 『소년지낭』의 "デーゴー"(25쪽)은 모두 디에고 콜럼버스(Diego Columbus, 1479/1480~1526), 즉 콜럼버스의 아들을 지칭하는 듯하다. 오류라고 판단되어 '지아코모'로 수정하였다.

부모는 콜럼버스를 파비아[17]의 대학교에 입학시켰다. 그는 기하학(幾何學)과 지리학과 천문학과 항해술 등을 공부하여 졸업하였고 제노바공화국에서 선원이 되었다. 하지만 유소년 시절부터 천체학(天體學)과 지리학을 매우 좋아했기 때문에 점차 이에 대해 연구하게 되어 지도 그리는 것[圖畵]으로 직업을 삼아 입신의 일을 경영하였다.

콜럼버스도 아시아에 가고자 하여 처음부터 서쪽으로 항해하면 그 극락의 땅에 도착할 것이라고 하였다.[18] 이때 그의 형제 바톨로메오가 리스본[19]에 있었기 때문에 콜럼버스 역시 그 곳으로 가서 지도 제작 일을 하였다. 그러던 중 그 곳에서 거주하던 이탈리아인 항해사의 딸과 결혼하여 다양한 해도(海圖) 및 측량기[20]를 입수하니 콜럼버스의 작업에 큰 도움이 되었다.

어째서 콜럼버스는 서쪽으로 가면 아시아[21]에 도달할 것이라고 했을까? 세계가 개화되지 않았을 때, 사람들은 지구가 평평하다고 생각하였다. 혹은 사각형이라고 생각하는 자도 있었다. 콜럼버스는 지구의 형태를 공과 같이 둥글다고 생각하였기 때문에 동쪽으로

---

17) 파비아(파비아, Pavia)

18) 콜럼버스도 …… 하였다.: 『소년지낭』에는 "콜럼버스도 이 시기에 소문이 퍼져있던 지팡구에 관해 궁리를 시작하여 서쪽으로 항해하면 그 극락 같은 지팡구에 도달하게 될 것이라고 생각했습니다."(25~26쪽)로 되어 있다. 즉, 『오위인소역사』의 번역은 '지팡구' 대신 '아시아'를 사용하는 등 저본과 뚜렷한 차이를 보인다.

19) 리스본(리즈본/리즈폰, Lisbon)

20) 해도(海圖) 및 측량기: 『소년지낭』에는 "지도"(26쪽)만 제시되었으나 이능우에 의해 '해도'와 '측량기'로 변경되었다.

21) 아시아: 『소년지낭』에는 "지팡구"(26쪽)로 되어 있다.

아시아에 가고자 하면 서쪽으로도 갈 수 있으며, 분명 대서양은 아시아와 유럽 사이에 있는 바다일 거라고 하였다. 또한 예로부터 서쪽으로 가서 대륙을 발견했다는 전언(傳言)도 있었고, 대서양에서 가끔 신기하고 화려한 초목과 뗏목 등이 흘러온 적도 있었다. 혹은 선박 안에서 구릿빛 색깔의 사람을 본 적도 있었기 때문에 콜럼버스는 더더욱 서쪽에 나라가 있으며 그 나라는 바로 아시아의 여러 나라일 것이라고 생각하였다. 서쪽으로 아시아에 가는 것은 확실히 의심할 바가 없다며 재정을 준비하여 좋은 세계의 땅에 가보고 싶다고 하였다.[22] 그의 마음은 항상 서향(西向)하는 것에 있었다.

콜럼버스에게 비록 이 마음은 있었지만, 그것은 유력한 부귀자(富貴者) 및 왕의 도움[23]을 빌리지 않으면 불가능한 일이었다. 그러나 세상 사람은 콜럼버스의 주장을 불신하였다. 학자 무리는 "이러한 일은 결코 있을 수 없다."고 말하였을 뿐 아니라 "대해(大海)는 무서운 곳이라 배가 침몰하기 쉽다."고 하였고 "콜럼버스는 미친 자와 다를 게 없다."고도 하였다. 또한 이때 유력가와 각 국왕이 전쟁을 일으켜 사람과 나라를 침략하는 데만 열중하고 이러한 일은 꿈에서도 생각하지 않았다. 그러나 콜럼버스는 자기의 뜻이 정확하여 의심할 바 없었기 때문에 사람을 대하면 늘 열심히 설득하였다.

---

22) 좋은 세계의 …… 싶다고 하였다. : 『소년지낭』에는 "어떻게든 빨리 황금이 뿌려져 있고 아름다운 꽃과 냄새 좋은 향취가 있는 땅에 가보고 싶다고 시종 생각하고 있었습니다."(27~28쪽)라고 되어 있다.
23) 유력한 부귀자(富貴者) 및 왕의 도움 : 『소년지낭』에는 "유력한 다이묘(大名)라든지 왕의 도움"(28쪽)로 되어 있다.

불행히도 그의 아내가 사망하였고[24] 어느덧 돈은 날로 떨어졌으며 빚은 날로 늘어났다. 고리대금업자는 콜럼버스의 지도를 압류하였다. 콜럼버스는 7살 된 어린 아들을 데리고 리스본을 떠나 스페인으로 갔다. 그 비참한 상황은 형언하기 어려울 정도였다.

이처럼 불쌍한 부자 두 명은 한 푼의 돈도 없어 배고픔이 극심하였다. 이에 콜럼버스는 안달루시아[25](地名)[26]의 팔로스[27] 근처 사원에 들어가 도움을 청하였다. 그 사원의 사제가 콜럼버스의 말을 듣고 그 아이를 맡아 키우며 콜럼버스를 스페인 조정에 추천해주었다. 당시 스페인왕은 페르디난드[28](한문의 비지난다(匪地難多))이고 왕비는 이사벨[29](의살백(依薩伯))였다. 유럽에서도 강하고 융성한 나라에서 호걸왕(豪傑王)으로 일컬어졌다.

콜럼버스가 스페인왕과 왕비에게 예를 올리고 마음속의 큰 계획을 말하였으나 공교롭게도 그 때 스페인에서는 무어[30]인을 정벌

---

24) 아내가 사망하였고: 콜럼버스의 아내 펠리페 모니즈 페레스트렐로(Felipa Moniz Perestrelo)의 사망 시기는 1484년경으로 알려져 있다.

25) 안달루시아(안짜루시아, Andalucia)

26) (地名): 『오위인소역사』의 표기 그대로를 옮긴 것이다. 이하 마찬가지다.

27) 팔로스(파로즈, Palos)

28) 페르디난드(헤루지난도쏘, Ferdinand II of Aragon, 1452~1516): 아라곤 왕국의 국왕으로, 이사벨 1세와 결혼하여 스페인을 통일하고 스페인 대항해 시대의 기반을 마련한 인물이다. 레콩키스타를 완성하여 이베리아 반도에서 이슬람 세력을 축출했다.

29) 이사벨(이시베, Isabella I of Castile): 카스티야 왕국의 여왕으로, 남편 페르디난드 2세와 함께 스페인을 통일하고 강력한 중앙집권을 이룬 인물이다. 1492년 콜럼버스의 신대륙 항해를 후원하고, 레콩키스타를 완성하여 그라나다를 정복하며 스페인을 가톨릭 강대국으로 만들었다.

하고자 했기 때문에 왕이 콜럼버스의 주장을 받아들이지 않았다. 하지만 콜럼버스가 힘을 다해 설명하니 그 열심에 감복하여 여러 신하와 논의하게 되었는데, 다들 새로운 지리에 대한 이론을 몰랐기 때문에 모두 반대하였다. 그러나 왕비는 처음부터 콜럼버스의 주장에 탄복하였고 또 열심에 감동하여 콜럼버스를 궁중에 머물게 하였다.

그 후 나라 안이 평온해져 다시 콜럼버스의 주장을 상의하게 되었으나 또 전과 같이 결정이 나지 않았다. 콜럼버스는 궁중에서 머물지 못하고 사원으로 떠나버렸다. 그 사제는 왕에게 편지를 보내었고, 마침내 회의를 열어 콜럼버스의 주장을 실제로 시험해보기로 하였다.

그러나 또 회의는 파기되었고 콜럼버스는 영국과 프랑스로 가고자 하였다. 왕비 이사벨은 신하를 보내 콜럼버스를 궁중으로 불러오게 하여 다시 평의를 열기로 결정하니, 서력 1492년이요 우리 성종 23년 임자(壬子) 4월 17일[31]이었다.

같은 해 8월 3일[32]에 드디어 탐험을 위하여 돛을 올리게 되었다.

---

30) 무어(무-아, Moor): 북아프리카(특히 마그레브 지역: 모로코, 알제리, 튀니지) 출신의 이슬람계 민족을 가리키는 용어로, 이슬람 세력이 이베리아 반도를 점령 (711~1492)하면서, 이베리아 반도 내의 이슬람계 무슬림들을 통칭하는 표현으로 사용되었다. 『오위인소역사』의 원문에는 "무-아(地名)인"으로 되어 있는데, 무어는 지역명이 아니라 종족이나 민족의 개념으로 보아야 하므로 "(地名)"은 삭제하였다.
31) 서력 1492년이요 우리 성종 23년 임자(壬子) 4월 17일: 『소년지낭』에는 "우리나라의 고츠치미카도(後土御門) 천황 때인 메이오(明應) 원년 4월 17일"(32쪽)로 되어 있다.
32) 같은 해 8월 3일: 『소년지낭』에는 "메이오 원년 8월 3일"(32쪽)로 되어 있다.

겨우 3척의 작은 배였다. 첫 번째 배는 콜럼버스가 탔는데, 100톤에 불과하였다. 지금 이 일을 회상하건대 실로 대담한 사람이 아니면 어떻게 이를 실행할 수 있었겠는가. 당시 승선원은 120명이었다.

당시 국민들은 이 함대를 무모한 것[33]으로 보고 슬프게 이별을 고했으며, 승선원은 미친 자에게 미혹된 여왕 때문에 목숨을 버리게 된 줄로 생각하였다. 그러나 오직 콜럼버스만은 기쁨을 이기지 못하여 펄쩍 뛰었다.

이때 절기와 날씨는 화창하고 배는 점점 앞으로 나아가니 망망한 수로에서의 날들이 이미 많아졌다. 하지만 육지를 발견할 수는 없었다. 승선원의 심리가 슬픔으로 가득하고 불평의 목소리가 빈번하게 나왔다. 비록 속이거나 달래거나 하며 진정시켰지만, 군중심리는 요란해져 콜럼버스를 바다에 던지고 귀국하고자 할 정도였다.[34]

이러한 와중에도 배는 점점 앞으로 가니 갑자기 갈대 뿌리가 흘러오고 또 과실이 붙어있는 나무며 도끼의 흔적이 있는 널빤지며 칼자국이 있는 막대기 등도 흘러왔다. 육지 근처에 도착했다는 것을 알아채고는 기뻐하니 때는 같은 해 10월 1일이었다. 해가 저물

---

33) 무모한 것: 『오위인소역사』에는 "無益흔者"(12쪽)로 되어 있으나 『소년지낭』에는 "無謀なる者"(33쪽)였다. 국민이 슬퍼했다는 문맥을 고려하면 후자가 적합한 표현이라 수정하였다.

34) 정도였다.: 『소년지낭』의 경우, 이 문장 이후에 비교적 긴 상황 설명이 뒤따르지만 『오위인소역사』에서는 모두 생략되었다. 해당 내용은 다음과 같다. "그러한 중에 멀리 아득한 하늘 아래 육지가 보인다며 기뻐 떠드는 이가 있었지만 홀연 구름과 안개처럼 사라져 버려, 점점 더 걱정이 되어 견딜 수 없었습니다. 하지만 콜럼버스는 이 같은 소요 중에도 조금도 흐트러지지 않고, 침착히 주위를 압도하며 마치 어른이 어린 아이를 다루는 것처럼 우선 너무 초조해하지 말도록 하라고 말했습니다."(34쪽)

때쯤 콜럼버스가 홀로 갑판 위에서 먼 곳을 바라보니, 불빛이 깜빡거리고 있었다. 콜럼버스는 오히려 의아해하면서 별빛이 아닐까 하였는데, 자세히 보니 정말로 의심할 것 없는 불빛이었다. 그리하여 사람들을 불러 바라보게 하였다.

다음 날 아침에 본함에서 철포를 발사하여 하늘과 땅을 진동시켰다. 이는 육지가 있음을 알린 것이었다. 콜럼버스는 이 땅의 제독 겸 부왕(副王)의 명의로 보라색 대례복(大禮服)을 입었고, 한 손에는 스페인 국기를 들고 한 손에는 검을 들고서 선원 일행을 인솔하여 상륙하였다. 축하의 말을 서로 주고받으며 이 땅에 이름을 산살바도르[35]라 명명하였다.

콜럼버스는 이 땅이 아시아라고 하였으나[36] 사실은 콜럼버스의 오해였다. 요즘에는 바하마섬으로 칭한다. 토착민은 신체가 구릿빛과 같고 또한 장식물로 각종 물건을 교환하는데 그 금은 남쪽으로부터 왔다고 하였다. 이에 다시 남쪽 섬을 순행하여 쿠바섬·아이티[37] 등 각 섬을 발견하였다. 그 후 이 섬들을 서인도제도라 칭하니, 이는 콜럼버스가 이 땅을 인도의 서쪽이라고 하여 기념함이요 아메리카인을 인도인으로 알았기 때문이다.[38]

---

35) 산살바도르(산사루바도루, San Salvador)
36) 이 땅이 아시아라고 하였으나: 『소년지낭』에는 "이 땅은 일본의 끝자락이라고 생각했지만"(36쪽)이라고 되어 있다.
37) 쿠바·아이티(기바하이지, Cuba·Haiti): 『오위인소역사』에는 "기바하이지"(14쪽)라는 하나의 고유명사로 처리되었으나 동일 대목의 『소년지낭』에서는 "キーバ・ハイチ"(36쪽)로 가운뎃점으로 둘을 구분해두었다.
38) 아메리카인을 인도인으로 알았기 때문이다.: 『소년지낭』의 이 대목은 "아메리카

다음 해에는[39] 제2차 탐험을 위하여 출발하였고, 다시 7년째에 제3차로 출발하여 아메리카 대륙을 발견해내게 되었다. 그 후에 식민지로 인하여 각국이 서로 경쟁하던 중 콜럼버스는 본국으로 돌아가 사망하였다. 그의 나이 59세였다. 무릇 콜럼버스는 대호걸이었다. 평생 장하게 품은 뜻을 끝까지 좇았고, 그 공적은 세계적 사업이 되었다.[40]

인들을 인디언이라 부르는 것도 그 이유에 있습니다."(37쪽)라고 되어 있다. 문맥상으로는 '인디언' 호칭의 유래를 설명하는 후자가 더 적절해 보이지만 의미는 상통하므로 『오위인소역사』의 번역 그대로를 제시하였다.

39) 다음 해에는: 『소년지낭』에는 "메이오(明應) 2년에는"(37쪽)으로 되어 있다.

40) 그 후에 식민지로 …… 사업이 되었다.: 『오위인소역사』의 콜럼버스 편에서 마지막 부분은 저본인 『소년지낭』과는 상당히 다른 의미로 변주되었다. 『소년지낭』의 경우 다음과 같이 콜럼버스의 불행한 결말을 그대로 옮겼으나 『오위인소역사』에서는 그러한 부정적 요소가 모두 생략되었기 때문이다. "그 후 다시 4번째 탐험을 시행했으나 식민지가 어수선한지라 콜럼버스가 부덕하다는 구실로 본국에 소환되었습니다. 그리하여 이 유명한 인물은 특별히 훌륭히 예우되는 일도 없이 70세에 불만을 품은 채 사망했습니다. 위대한 인물은 그의 생전에는 불행하다고 하는데 콜럼버스도 그 중 한사람일 것입니다. 그럼에도 그의 업적은 세계가 존재하는 한 잊혀질 염려는 없습니다."(37~38쪽)

워싱턴[1]

오늘날 진정한 영웅호걸은 아메리카의 워싱턴이다. 그 마음이 고상하여 스스로를 속이거나 남을 속이는 일은 정녕 죽을지언정 하지 않으니, 세계 제일의 사람이라 말할 수 있다.[2]

이 사람은 서력 기원 1732년, 즉 우리나라 영조 8년 임자(壬子)[3]에 아메리카의 버지니아[4](地名)에서 태어났다. 형제 7인 중 워싱턴은 셋째였다. 11세에 아버지는 사망하였다.

워싱턴은 유년기 때 교육을 제대로 받지 못하여 학문은 매우 얕았지만, 수학에는 열심을 보였고, 운동은 달리기나 뜀뛰기 또는

1) 워싱턴: 『오위인소역사』에는 "華盛頓(와신돈)"(14쪽)으로 되어 있다. 『소년지낭』의 경우, 이번에도 영문명인 "GEORGE WASHINGTON"(38쪽)이 병기되어 있다.
2) 오늘날 진정한 …… 말할 수 있다.: 워싱턴 편의 경우, 도입부에서 많은 축약과 변주가 나타난다. 저본인 『소년지낭』의 해당 대목은 다음과 같다. "옛 영웅호걸들을 보면 그가 한 일들이 일반 사람이 할 수 없는 것이 많아 대단히 감복할 수밖에는 없지만, 그럼에도 남의 나라를 빼앗거나 군주에게 모반을 하거나 타인을 속이는 일도 있어서 진심으로 훌륭한 인물이라고 말할 수 없는 경우가 일본에도 지나(支那)에도 서양에도 많이 있습니다. / 그러나 미국의 워싱턴이라는 인물은 그러하지 않습니다. 그는 생각이 훌륭하여 결코 남을 속이거나 자신의 뜻을 굽히고서 나쁜 일을 한다든지 한 일이 없었습니다. 이를테면 이런 인물은 그 유례가 드물다고 해도 좋을 것입니다"(38, 40쪽)
3) 우리나라 영조 8년 임자(壬子): 『소년지낭』에는 "우리나라 교호(享保) 17년 즉 도쿠나가 8대 장군 요시무네(吉宗) 시대"(40쪽)로 되어 있다.
4) 버지니아(우미루지니아, Virginia)

씨름[5]을 좋아하였다. 그 후 영국 해군의 군인이 되고자 하니, 이는 워싱턴이 모험하는 것을 좋아하기 때문이었다. 그러나 어머니가 고집스레 허락하지 않아 어쩔 수 없이 학교에 들어갔다.

16세에 학교를 그만두고 친척인 페어팩스[6] 백작이 소유한 땅을 측량하였다. 그 땅은 깊은 산과 골짜기 사이에 걸쳐 있었다. 그의 수학적 정밀함이 여기서 나타났다.[7]

19세 때에 프랑스인과 인디언이 영국 식민지를 침공해 왔다. 영국이 대비하고자 하였고 워싱턴도 역시 한 방면의 부관(副官)이 되었다가 얼마 지나지 않아 참령(參領)[8]으로 승진하였다. 그 후에 프랑스인과 전쟁하여 적지 않은 공적을 세웠으니, 이때부터 세상 사람이 워싱턴을 존경하고 좋아했다.[9]

영국 대장 브래독[10]이 프랑스인과 싸워 대패하였다. 그 전쟁이

---

5) 씨름: 원문에는 "角力(씨름)"(15쪽)으로 되어 있다.

6) 페어팩스(헤에-아핫구즈, Thomas Fairfax, 1693~1781): 미국 식민지 시대 버지니아에서 광대한 토지를 소유했던 영국 귀족으로, 조지 워싱턴과 친분이 깊었던 인물이다. 그는 워싱턴의 초기 경력에 영향을 주었으며, 워싱턴이 측량사로 일할 기회를 제공한 후원자였다.

7) 그의 수학적 정밀함이 여기서 나타났다.: 이능우에 의해 새로운 내용이 추가된 대목이다. 『소년지낭』에서는 "워싱턴의 고생은 이만저만이 아니었습니다."(41~42쪽)였던 것을 그의 수학적 자질에 대한 언급으로 바꾼 것이다.

8) 참령(參領): 대한제국기의 장교 계급의 하나로, 부령(副領)의 아래 계급이며 대대장(大隊長)급이다.

9) 이때부터 …… 좋아했다.: 『소년지낭』에는 "이때부터 이미 훌륭한 군인으로 사람을 지휘하는 데 능숙하다는 것은 누구라도 알고 있었습니다."(42쪽)로 되어 있다.

10) 브래독(쑤랏동구, Edward Braddock, 1695~1755): 영국 육군 장군으로, 프렌치 인디언 전쟁(1754~1763) 중 북미에서 프랑스군과의 전투를 지휘한 인물이다. 그는 1755년 모논가힐라 전투에서 패배하고 치명상을 입어 전사했으며, 당시 조지 워싱턴

격렬하여 대장 86인 중 6인이 죽었고 37인은 부상당했으며 브래독도 창상(創傷)을 입어[11] 전사하였다. 그러나 워싱턴은 탄환이 비 오듯 하는 중에도 대장의 명령을 전하려고 적의 가운데로 종횡무진 질주하다가 탄환이 상의를 맞춘 것이 4차례요 말이 죽은 것이 2필이었다. 그럼에도 워싱턴은 죽지 않으니 이는 곧 하늘이 내린 비범한 사람이라 신명(神明)이 몰래 보호하셨다고들 하였다.[12]

이보다 앞서 그 형이 병사한 후, 그가 남긴 땅인 마운트버넌[13]에 거주하고 커스티스[14] 양과 결혼하여 10만 불 상당의 토지를 소유하게 되었다.

워싱턴이 26세 때 전쟁이 끝났다. 그는 마운트버넌에서 농부가 되어 경작으로 업을 삼았는데,[15] 그 지역 신사(紳士)들과 교제하여

이 그의 부관으로 활약했다.

11) 창상(創傷)을 입어:『소년지낭』에는 "상처를 입어((創[きず]をうけ)"(43쪽)로 되어 있는데, 이능우는 '創'을 그대로 가져와 "창상(創傷)", 즉 '칼날 따위에 다친 상처'라는 의미로 옮겼다.

12) 그럼에도 …… 하였다.: 저본의 이 대목은 기독교적 느낌이 강했으나 이능우에 의해 변주되었다. 『소년지낭』에는 "어쨌든 무사히 워싱턴이 살아남은 것은 다른 사람들도 자신도 신기하게 여겼을 정도로, 훗날 성직자들은, '우리나라의 구세주로서, 젊은 워싱턴을 하나님이 도우셨다'는 등의 설교를 했을 정도였습니다."(43쪽)라고 되어 있다.

13) 마운트버넌(몬도벨논, Mount Vernon)

14) 커스티스(가스데스, Custis): 마사 워싱턴(Martha Washington, 1731~1802)을 뜻한다. 마사는 조지 워싱턴의 아내이자 미국의 첫 번째 퍼스트레이디로, 남편을 도와 미국 독립전쟁과 초대 대통령직 동안 중요한 역할을 한 인물이다. 커스티스는 원래 마사의 첫 번째 남편 대니얼 파크 커스티스의 성이었다.

15) 농부가 되어 경작으로 업을 삼았는데:『소년지낭』에는 "농부가 되어 노예를 데리고 토지를 경작했고"(44쪽)라고 되어 있다. 『오위인소역사』에서는 워싱턴이 '노예'를 두고 있었다는 정보를 감추고자 한 것이다.

즐거운 전원생활을 하였으며, 사냥을 좋아하여 간혹 일주일에 서너 차례 사냥을 떠나기도 하였다. 그 지역의 공공사업에는 항상 참여하여 회의하며 중재하였다. 그 때에 버지니아주 의원으로 선출되어 웅변으로 큰 일을 결단하였으나[16] 타인과 논쟁하지는 않았다. 단지 자기 생각을 말하되 기타 작은 일에는 관여하지 않았으며, 모든 의사(議事)는 다 덕의(德義)에서 나왔다.[17]

당시 영국은 각종 기계를 발명하여 상업이 번창하였지만 각 지역의 전쟁으로 인해 재정이 곤란하였다. 이에 아메리카에 인지조례(印紙條例)를 공포하였다. 영국은 이전부터 미국인의 모국이었지만 횡포한 일들을 해왔기에,[18] 미국 식민지 사람들은 뉴욕에서 회의를 열고 이렇게 말하며 의결하고 인지조례를 폐지하였다.

"이 식민지에서 대의원(代議員)을 선출하지 않는 영국 국회에서 인지조례를 공포하였으니, 우리들은 복종할 의무가 없다."

영국은 재차 차와 유리, 종이 등 수입물에 세금을 부과하고서 군대를 파견하여 일을 무리하게 진행하고자 하였다. 이에 미국인은 크게 불평하였고, 한 주에 7인씩의 위원을 선출하여 각주 위원

---

16) 선출되어 웅변으로 큰 일을 결단하였으나: 『소년지낭』에는 "선출되었으나 특별히 웅변을 토하는 일도 없었고"(44쪽)으로 되어 있다. 단순한 오역일 수도 있지만 워싱턴의 초기 활동에서 나타나는 소극성을 약화하기 위한 번역자의 의도적 개입일 수도 있다.

17) 모든 의사(議事)는 다 덕의(德義)에서 나왔다.: 『소년지낭』에는 "모든 의사(議事)를 신중히 듣는 덕의(德義)를 터득했습니다."(45쪽)로 되어 있다.

18) 영국은 이전부터 미국인의 모국이었지만 횡포한 일들을 해왔기에: 원문은 "此ᄂ 英國이向日브터美人의母國에處ᄒ야橫暴ᄒ事가有ᄒ거늘"(16쪽)로 되어 있으나 문맥에 따라 수정하였다.

을 필라델피아부(府)에 집결시켰다. 버지니아에서는 7인의 위원 중
에서 워싱턴이 다시 선출되었다. 이것이 유명한 대륙회의라고 일
컬어지는 것이다.

그 후 제2차 대륙회의에서 영국과 개전(開戰)할 것을 결의하였
고, 워싱턴은 총독으로 임명되었다. 이때 워싱턴은 나이가 43세였
는데 그 후 8년간의 워싱턴의 사적(事跡)은 곧 아메리카의 역사라
고 불리었다.

다음 해인 서력 1776년, 즉 우리나라 영조 5년 병신(丙申)[19]에
아메리카에서는 독립의 건을 각국에 통고하였다. 프랑스 귀족 라
파예트[20]는 유쾌한 일이라고 말하며 병사를 모집하여 원조해주었
다. 프랑스 정부에서도 지원병을 파견하였다.

서력 1775년 4월에 열린 렉싱턴[21] 전투가 미국 독립전쟁의 첫
번째 전투였다. 그 후 9년째, 즉 1783년 9월[22]에 영국은 미국의 독
립을 승인하였다.[23] 그러나 적국은 세계 최강의 영국이었다. 병사

---

19) 서력 1776년, 즉 우리나라 영조 5년 병신(丙申): 『소년지낭』에는 "일본의 야스나
가(安永) 5년"(47쪽)으로 되어 있다.

20) 라파예트(라-화엣도, Marquis de Lafayette, 1757~1834): 미국 독립전쟁에서
조지 워싱턴을 도와 프랑스군을 이끌며 미국 혁명의 중요한 역할을 한 프랑스 귀족
장군이다. 그는 이후 프랑스대혁명에서도 활약하며 자유와 민주주의를 지지한 인물
로 역사에 남았다.

21) 렉싱턴(레구시돈, Lexington)

22) 1783년 9월: 『소년지낭』에는 "덴메이(天明) 3년(우리나라 2443년) 9월"(47쪽)로
되어 있다. 참고로 2443년은 고키(皇紀), 즉 초대천황인 진무천황이 즉위한 기원전
660년을 원년(元年)으로 하는 일본의 기년 방식에서 온 것이다.

23) 승인하였다.: 이 문장과 다음 문장의 흐름이 어색한 이유는 이능우가 『소년지낭』
의 다음 내용을 번역하지 않았기 때문이다. "그 사이의 자세한 사항은 도저히 다

는 정예요 무기는 날카로웠다. 미국은 병사가 부족하고 재정이 궁
핍하며 무기도 불완전하니 전쟁이 어찌 쉬웠겠는가. 그러나 워싱
턴은 고통을 피하지 않고 난관과 위험을 전부 겪어냈으며 마침내
독립을 완수하였으니, 이는 워싱턴의 열심에서 나왔다.[24]

워싱턴은 전쟁을 끝낸 후 총독이라는 큰 임무를 사직하고 마운
트버넌으로 돌아갔다. 무릇 이때 큰 전쟁에서 승리하여 완전한 독
립국이 되었으나, 전후의 경영으로서 아메리카의 정치 방식과 전
시 비용의 처리와 기타 사업 등을 평의하기 위하여 필라델피아부에
모였다. 고향에 돌아가 농사를 지으며 여생을 보내려 하던 워싱턴
은 다시 의원으로 선출되었다. 이때 각 의원의 결의로 헌법을 제정
하며 국회와 대통령을 세워 국가의 통치방침을 위임하고자 하였
고, 워싱턴이 대통령에 선출되었다. 워싱턴은 애초에 자신이 바라
던 바는 아니었지만 어쩔 수 없이 부임하였다.[25]

이때 두 개의 정당이 있었으나 워싱턴은 평화주의로 모든 정치

기술할 수 없으므로 이야기하지 않겠지만, 워싱턴이 겪은 어려움과 고심은 이만저만
한 것이 아니었습니다."(47~48쪽)
24) 그러나 워싱턴은 …… 열심에서 나왔다.:『소년지낭』의 이 대목은 다음과 같다.
"번번이 패배했음에 틀림없지만 끝내 독립했던 것은 워싱턴의 공적[手柄]이라 하지
않을 수 없습니다. 다른 이가 총독이 되었다면 도저히 불가능하였을 것입니다."(48쪽)
그러나『오위인소역사』에서는 워싱턴의 패배의 경험이 언급되지 않는다.
25) 부임하였다.:『소년지낭』에는 이 대목에 이어 다음 내용이 등장하지만 생략되었
다. "워싱턴은 괴롭긴 했지만 이를 수락했습니다. 그때의 연설에, '저는 결코 이러한
자리에 어울린다고는 믿지 않지만, 여러분의 추천으로 맡으라고 하시니 받아들이도
록 하겠습니다' 라니 이 얼마나 재미있지 않은가요. 자신을 선출해달라고 스스로
떠벌리는 일본의 의원들과는 천양지차입니다."(49~50쪽) 생략된 내용 중에는 일본
의 국회의원과 비교하는 대목도 있어 주목을 요한다.

를 행하며 그 영향으로 정부도 원만하게 조직하였다. 4년의 대통령 임기가 끝나게 되니 의회에서 다시 행정 방침과 전후 경영이 확고 해지기 전에는 타인에게 위임하지 못한다고 하며 또 워싱턴을 강력 히 권하여 대통령에 재선되었다. 그 후에도 다시 선출되었지만 고 사하고 고향으로 돌아가 농업으로 세월을 보내었다.[26]

귀향한 지 2년 반이 지나 하루는 말을 타고 돌아다녔는데, 이 날은 12월의 몹시 추운 때였다. 바람과 함께 눈이 크게 내려 감기에 걸린 지 3일째[27] 된 서력 1799년 12월 14일,[28] 워싱턴이 세상을 떠 나니[29] 나이 67세였다. 이 부음(訃音)을 듣고 아메리카인은 물론이 고 유럽인도 모두 슬퍼하고 탄식하였다.

워싱턴은 세계적으로 회자되는 인인군자(仁人君子)요 또한 영웅 이다.[30] 일 처리가 바르고 심지가 결백한 것은 나폴레옹[31]도 미치지

---

26) "그 후에도 만약 워싱턴이 승낙했다면 3선 대통령이 되었을지 모르지만, 이번에는 결국 고향으로 돌아가 그가 바라는 대로의 농부로서의 삶을 보냈습니다."(50~51쪽)

27) 3일째: 『소년지낭』에는 "별로 대수로운 일이 아니라고 여겼으나, 기관지를 상한 듯하며 그로부터 3일째"(51쪽)라고 되어 있었으나 『오위인소역사』에서는 세부 정보 를 대부분 생략하였다.

28) 서력 1799년 12월 14일: 『소년지낭』에는 "간세이(寬政) 11년(고키 2459년) 12월 14일"(51쪽)으로 되어 있다.

29) 워싱턴이 세상을 떠나니: 『소년지낭』에는 여기에서 다음 내용으로 이어진다. "그 로부터 3년 후는 우리나라의 모토오리 노리나가(本居宣長)라는 학자가 사망한 해입 니다."(51쪽) 이는 『오위인소역사』에서는 생략되었다. 참고로 모토오리 노리나가 (1730~1801)는 일본의 국학을 집대성한 에도 중기의 학자이다. 막번 체제의 이론적 기반이 되는 유교를 배격하고 일본의 신도(神道)와 고전문학을 연구하여 일본인 고 유의 정신을 강조한 것으로 알려져 있다.

30) 워싱턴은 …… 영웅이다.: 『오위인소역사』에서 제시하는 워싱턴의 상은 『소년지 낭』과는 약간 다르다. 『소년지낭』에는 이 대목에 "자, 이렇게 기술하고 보니 워싱턴

못할 것이다. 나폴레옹은 공화정체(共和政體)를 부수고 황제가 되었으니 워싱턴이 만일 이 사람과 같았다면 아메리카의 황제가 되었을 것이다.[32] 과거의 대륙회의에서 워싱턴을 왕으로 추대하고 모든 정치를 위임하고자 하였는데, 워싱턴이 크게 화를 내며 한층 격론하기를 전쟁의 빌미가 생겼을 때보다 더욱 심하였다.[33] 이와 같은 이유로 합중국의 독립이 완성된 것이다. 이 일로 보더라도 그 명백정대(明白正大)한 심지는 세계에서 첫 번째 인물이 될 것이다.

워싱턴은 명장(名將)[34]도 아니고 학자도 아니었지만 모든 일의 처리가 주도면밀하여, 일기에 매일 구매한 것과 미리 맡긴 물품을 일일이 기록하여 보관하였다. 총독을 맡을 때도 항상 마운트버넌의 보고서류는 직접 발송하고 접수하였다. 대통령을 맡을 때도 매

은 세인들이 이야기하는 영웅이나 명장은 아닙니다."(52쪽)이라 되어 있다. 워싱턴을 군자이자 영웅으로 묘사한 이능우와, 영웅은 아니었다고 한 사토 쇼키치의 입장 차이가 나타난다.
31) 나폴레옹(拿破崙, Napol on Bonaparte, 1769~1821): 프랑스 혁명 이후 혼란을 수습하고 1804년 프랑스 황제가 되어 유럽 전역을 정복한 군사 전략가이자 정치 지도자이다. 그는 워털루 전투(1815)에서 패배한 후 유배되었지만, 법전 제정(나폴레옹 법전)과 행정 개혁 등으로 프랑스와 유럽 역사에 큰 영향을 미쳤다.
32) 나폴레옹은 …… 되었을 것이다.: 『소년지낭』에는 "나폴레옹은 공화정체를 쓰러뜨리고 황제가 되었고, 다이코는 오다 노부나가 가문을 대신하여 간파쿠(關白) 자리에 올랐습니다. 워싱턴도 만일 이 두 사람 같은 마음이 티끌만치라도 있었다면 미국의 국왕이 되는 일은 대단히 쉬운 일이었습니다."(52쪽)라고 되어 있다. 즉, 『오위인소역사』에서는 일본 관련 내용이 삭제되었다.
33) 워싱턴이 크게 …… 더욱 심하였다.: 『소년지낭』에는 "워싱턴은 상상 밖으로 화를 내며, '전쟁 중에 일어난 어떠한 사태보다 놀라운 일이며 그런 생각은 빨리 포기하시오'라고 말했습니다."(53쪽)라고 되어 있어 문맥이 크게 달라진 것을 알 수 있다.
34) 명장(名將): 『소년지낭』의 이 대목에는 "영웅"(53쪽)이 있었다. 여기서 이능우는 워싱턴이 영웅은 아니었다는 사토 쇼키치의 표현을 다시 한번 거부한 셈이다.

주 한 차례씩 관리자로부터 상세한 사실을 보고받아 직접 검토하였
으며, 답장은 바쁜 와중이라도 친히 발송하였다.

워싱턴은 가계가 넉넉하고 부유하여 특별히 원하는 것은 없었
지만 지역 사람에게 선출되어 위원이 되며 대장이 되고 마침내 대
통령까지 되었다. 그는 일 하나라도 최선을 다하지 않은 게 없었고
사욕을 가지지 않고 잘못을 저지르지 않았기에 아메리카인의 대표
가 된 것이다. 워싱턴의 이름은 수도의 이름으로 정해졌고 세계에
기념으로 전해지고 있다.

워싱턴의 체격은 신장이 6척이요 체중이 220파운드였다.

워싱턴은 자식이 한 명도 없었지만 아메리카인은 "워싱턴이 아
메리카인의 아버지다."라고 말하니, 실로 장하도다.

넬슨[1)]

  19세기의 영국 호걸은 곧 넬슨(또는 리손(利遜)이라 말함)이다. 세상 사람은 "넬슨은 영국 군인의 표본이다."라고 말하지만 그는 영국 군인의 표본일 뿐 아니라[2)] 세계 각국인이 본받을 만한 인물이다. 서양인이 세기라 칭하는 것은 100년을 1세기라 하는데, 19세기란 서력 1800년 이후 100년간의 일이다.

  넬슨은 서력 1758년[3)]에 영국 노포크[4)]에서 태어났다. 유년기부터 대담하여 장래에 용감한 장군이 될 모습이 나타났다.

  넬슨이 5세 때 할머니 댁에 있었는데 집 밖에서 놀다가 날이 저물도록 돌아오지 않았다. 할머니가 놀라서[5)] 사방으로 찾으러 다녔지만 그림자도 없었다. 잠깐 후에 넬슨이 발견되었는데 그는 파

---

1) 넬슨(涅爾遜, Horatio Nelson, 1758~1805). 『소년지낭』의 경우, 넬슨의 영문명인 "HORATIO NELSON"(56쪽)이 병기되어 있다.

2) 영국 군인의 표본일 뿐 아니라: 이 대목 직후에 『소년지낭』에는 "우리 일본 군인의 본보기로서 훌륭한 인물"(56쪽)이라고 되어 있으나 생략되었다.

3) 서력 1758년: 『소년지낭』에는 "도쿠나가 쇼군의 중흥기로 불리는 8대 요시무네(吉宗) 공의 사후 8년째 되는 해, 즉 모모조노(桃園) 천황의 보력(寶歷) 8년"(58쪽)이라 되어 있다.

4) 노포크(노루호-루구, Norfolk)

5) 놀라서: 이 다음에 『소년지낭』에는 "어쩌면 나쁜 사람에게 유괴당했을지도 모른다고 여겨"(59쪽)라고 되어 있지만, 이능우에 의해 생략되었다.

도가 험한 하류변에 서 있었다. 겁난 기색 없는 의젓한 모습이 볼만
했다. 그의 할머니가 물었다.

"너는 무섭지 않고 귀가할 생각이 없었니?"

넬슨은 "무섭지 않았어요."[6]라고 대답하였다.

9세 때 넬슨의 어머니가 사망하여 숙부 서클링[7]이 장례식을 집
도하였다. 서클링은 해군 함장이었는데, 넬슨은 숙부에게서 해군
의 절제됨과 해상의 각종 재미있는 일에 대해 듣고 자신도 선원이
될 뜻을 정하였다. 아버지도 그 뜻을 따라 서클링에게 부탁하여
해군에 입대시키니, 넬슨의 나이 12세였다.

15, 16세 때 북극을 탐험하기 위해 영국에서는 2척의 선박을 파
견하였다. 넬슨은 호기심과 모험심 때문에 동행하고자 하여 장성
에게 청원하였지만 나이가 어려서 거절당하였다. 하지만 그 마음
이 날로 강해져 숙부 서클링에게 간청하여 동행하니 이 탐험대는
멀고 먼 북위(北緯) 80도 이상, 동경(東經) 18도 이상 되는 위치로
나아갔다. 공기는 매우 차갑고 해수는 얼어서 배가 진행하지 못하
게 되었다. 일행의 고생이 극심하였지만 넬슨이 전심전력하니 선
원들은 모두 감복하였다.

어느 날 밤 망루에서 망을 보다가 거대한 백곰을 발견하였다.

---

6) 무섭지 않았어요.: 『소년지낭』에는 "무섭다구요? 할머니. 무섭다는 그런 거 몰라
요. 그게 뭔가요?"(59쪽)라고 되어 있다. 즉, 저본에는 좀 더 당돌한 느낌으로 묘사되
어 있던 것이 번역 과정에서 희석되었다.

7) 서클링(삿구린쿠, Maurice Suckling, 1726~1778): 넬슨 제독의 숙부로, 넬슨을
해군에 입대하도록 도운 멘토였다. 본인 역시 해군 지휘관으로서 해군의 개혁과
영국 해군력 강화에 기여했다.

친구 1명과 함께 백곰을 추격하니 선상에서는 안개가 사방에 끼어서 두 사람이 어디에 있는지 알 수 없었다. 다음 날 오전 3시경 운무가 갠 후에 두 사람이 큰 곰과 서로 싸우는 것이 발견되었다. 선상에서는 신속히 배로 돌아오라는 신호를 보내며 독촉하였지만 두 사람은 따르지 않고 큰 곰과 격투하였다. 선장은 그 위험을 보고 선상에서 총을 한 차례 발사하였고, 곰은 크게 놀라 도망갔다.

넬슨이 배로 돌아오니 선장은 위험하게 처신한 일을 질책하였다. 넬슨은 대답하였다.

"저는 그 곰을 죽이고 가죽을 아버지에게 드리고자 했습니다."

넬슨의 아버지도 자기 아들을 평가하며, 이렇게 말하였다.

"이 아이의 성정이 나무를 탈 때도 제일 꼭대기까지 가지 않으면 멈추지 않았다."

그 평생에 이룬 공적을 보면 실로 그 아버지의 평가와 같았던 것이다. 그러나 넬슨은 체격이 장대하지 못하고 허약한 사람이었다. 어린 시절에는 학질로 고생하였고 승선원이 되었을 때도 병으로 인해 누차 위험한 지경에 이르렀다. 그러므로 영국인은 "우리나라를 위하여 되살아난 것이다."라고 하였다. 과거에 병중에서 그가 "군인이 되지 못하면 죽는 것만 못하다."라고 하면서 바다 위에서 투신하고자 하다가 갑자기 혼자 이렇게 생각하며 결심하였다.

"우리나라를 위하고 우리 군주를 위하여 이 한 몸을 헌신할 것이다. 어찌 낙담하겠는가.[8] 대장부 가는 길에 어떠한 곤란이 있어도

---

8) 어찌 낙담하겠는가.: 이 문장과 다음 문장 사이에 "이제부터는 운을 하늘에 맡기

전진하겠다!"[9]

이를 보아 체격의 건장함 여부는 물론이고 군인에게 첫 번째로 필요한 것은 정신의 충실함이니, 정신이 충실하면 진정한 마음이 있어 충성과 용감이 많으리니 세계인이 해군과 육군을 불문하고 군인에 뜻을 둔 자는 넬슨을 본받아야 할 것이다.

넬슨은 북극 항해 이후로 인도, 캐나다,[10] 아메리카 등의 나라를 돌아다녔다. 해군 중에는 많은 경험을 습득하여[11] 세계에서도 추앙하였는데,[12] 그 명성이 세계를 크게 진동한 계기는 프랑스와의 전쟁 이후였다.

당시 아메리카가 독립하고 1789년에[13] 프랑스에서 대소동이 일어나, 국민이 조정과 귀족 등을 반대하여 그 왕을 죽이고[14] 공화정치를 선포하였다. 이는 역사상의 프랑스대혁명이다.[15] 영국에서는

고"(『소년지낭』, 65쪽)가 생략되었다.

9) 전진하겠다!: 『소년지낭』의 경우 다음 대목에 "그리하여 넬슨의 마음은 개운해졌고 다시 태어난 듯 즐거움이 가득해졌습니다."(66쪽)가 등장하나 『오위인소역사』에서는 생략되었다.

10) 캐나다(加奈陀, Canada)

11) 습득하여: 『소년지낭』의 경우 다음 대목에 "좌관(佐官) 이상 계급의 인물이 되었고"(67쪽)가 등장하나 『오위인소역사』에서는 생략되었다.

12) 추앙하였는데: 마찬가지로 이 대목 다음의 "넬슨이 진정 넬슨다운 본성을 드러내어"(67쪽)가 생략되었다.

13) 1789년에: 『소년지낭』에는 "일본의 간세이(寬政) 원년 쇼군 이에나리(家齊)공 시대에"(67쪽)으로 되어 있다.

14) 그 왕을 죽이고: 『소년지낭』에서는 이 대목을 "일본인은 도저히 꿈에도 상상할 수 없는 일이지만 결국 프랑스왕은 무섭게도 국민들에게 목이 잘렸고, 그리하여 그 후는 왕을 두지 않고"(67~68쪽)라고 하였다. 사토 쇼키치가 프랑스대혁명에 대해 설명할 때, 부정적 이미지를 함께 부여하였다는 점을 알 수 있다.

이 일의 영향이 자국으로 파급될까 우려하여, 1793년[16]에 영국·프랑스 전쟁이 일어났다. 스페인과 네덜란드는 프랑스를 지원하였다.

넬슨은 이 전쟁에서 용기와 담력과 지략으로 전투하다가 한 눈을 탄환에 맞았고, 또 한 팔을 절단하기도 하였다.[17] 세인트 빈센트[18] 곶 전투와 나일강 전투와 코펜하겐[19] 전투 등이 가장 유명한 전투다. 그러나 넬슨의 최후의 전투인 트라팔가[20] 전투만을 기재하겠다.

이때에 유럽 각국은 프랑스를 적국으로 취급하였으나 프랑스는 나폴레옹이 출현하여 유럽 각국을 무너뜨리고 공화정치를 폐지하였으며 결국 프랑스의 황제가 되었다. 유럽 각국이 모두 정복되었으나 유독 영국은 그 명령에 따르지 않았다.[21]

당시 나폴레옹의 형세는 백전백승이었다. 그는 다수의 병사를 모집하여 영국해협을 건너 24시간 이내로 영국 수도 런던[22]을 함락

15) 이는 역사상의 프랑스대혁명이다. : 『소년지낭』에는 "이는 역사적으로 프랑스혁명으로 불리며 대단히 유명한 이야기입니다."(68쪽)라고 되어 있다. 저본의 "프랑스혁명"을 이능우는 "프랑스대혁명"으로 수정하였다.

16) 1793년: 『소년지낭』에는 "간세이(寬政) 5년"(68쪽)으로 되어 있다.

17) 한 눈을 탄환에 …… 하였다. : 넬슨이 눈을 다쳐 실명에 이른 것은 1794년 코르시카 전투에서이고, 오른팔을 절단해야 했던 것은 1797년 테네리페 전투였다.

18) 세인트 빈센트(센도빈센도, St. Vincent)

19) 코펜하겐(고펜하-겐, Copenhagen)

20) 트라팔가(도라활까, Trafalgar)

21) 유독 영국은 그 명령에 따르지 않았다. : 『소년지낭』의 경우 이 대목에서 "유일하게 그의 명령에 복종하지 않는 한 나라가 있었습니다. 이것이 지금 우리의 동맹국인 영국이었습니다."(70쪽)와 같이 일본과 영국의 동맹 관계를 강조하였으나 『오위인소역사』에서는 생략되었다.

하고자 했다. 대서양의 서쪽에서 항해하여 영국의 함대를 유인한 다음 야간에 샛길 불로뉴[23]를 따라 공격하고자 하였다. 그러나 당시 넬슨은 제독으로서 개선함(凱旋艦)[24]을 타고 밤낮으로 적의 상황을 정탐하였다. 적의 소재를 모르다가 추적하여 남아프리카 해안 방면으로 내려왔고, 지브롤터[25]의 북서쪽에 있는 트라팔가라는 곳에서 대전투를 하게 되었다. 넬슨은 이번에 적함을 토벌하지 못하면 자신의 생명을 포기하리라 하고 개선함에서 각 함에 신호로 명령을 내리며 말했다.

"영국은 여러분이 그 의무를 다하기를 간절히 바란다."

각 함에서도 박수갈채로 답하였다. 넬슨은 가슴에 각종 훈장을 달고 예복을 입고서 호령하였다. 부하들은 모두 말했다.

"이와 같은 복장은 적의 이목을 끌기 쉬워 복장을 바꾸어 착용하십시오."

넬슨은 답하였다.

"아니다. 나는 이를 명예롭게 수여받은 것이니 이를 명예롭게 입고 죽겠다."

이때 프랑스 함대는 스페인 함대와 연합하여 합계 40척이요 영

---

22) 런던(倫敦, London)

23) 불로뉴(부-론-, Boulogne)

24) 개선함(凱旋艦): 저본의 표현 그대로를 옮긴 것인데, 넬슨이 트라팔가 해전에서 탔던 유명한 군함 이름인 'HMS 빅토리'를 사토 쇼키치가 번역하는 과정에서 '개선함' 이 된 것으로 추정된다. 'HMS 빅토리'의 HMS는 'His/Her Majesty's Ship'(국왕 폐하의 함선)의 약자다.

25) 지브롤터(디부라루다루, Gibraltar).

국 함대는 32척이었다. 프랑스 함대는 반달 모양으로 도열하고 있었는데 넬슨은 부하 함대를 둘로 나누어 적함의 가운데를 가르려고 하였다. 그 하나를 지휘하여 곧 적함의 제독함에 가서 부딪히니 적의 포격이 격렬하여 부하들 중 사상자가 많이 나왔다. 그러나 넬슨은 두려워하는 기색 없이 호령을 내려 지휘하였다. 오후 1시경에 적함에서 발사한 포탄이 불행히도 왼쪽 어깨에 명중하였다. 군의관은 크게 놀라 해군 병사와 힘을 합쳐 넬슨을 일으켜[26] 제독실로 이동시켰다. 넬슨은 간호하던 군의관에게 말했다.

"나를 간호하지 말고 병사 등의 부상을 치료하라."

군의관이 진찰한 후 넬슨은 오히려 각 장교들에게 명령하더니 함장을 불러 물었다.

"전투의 형세가 오늘은 어떠한가?"

"오늘은 매우 좋아서 적함 10척을 침몰시켰습니다."

함장이 이렇게 답하자, 넬슨은 크게 기뻐하며 말했다.

"내가 죽거든[27] 이 머리카락을 아내에게 전해주게."

"군의관이 제독의 상처가 오래 걸리지 않고 나을 수 있다고 하니 안심하십시오."

제독은 말했다.

---

26) 넬슨을 일으켜: 『소년지낭』에는 "넬슨을 일으키니, '아, 결국 당했군'이라고 말했습니다."(73쪽)라고 되어 있었으나 『오위인소역사』에서는 넬슨의 혼잣말이 생략되었다.

27) 내가 죽거든: 『소년지낭』에서는 이 대목 앞에 "나는 이미 이것으로 마지막이다."(74쪽)라고 되어 있다.

"어깨 부분이 전부 잘렸으니[28] 어찌 치료되기를 기대하겠는가."

함장은 눈물을 머금고 갑판으로 돌아갔다.

넬슨이 이처럼 부상으로 누워있을 때 파도는 세차고 포성은 격렬하게 울려 퍼졌다. 세계의 대세를 정하는 격전이었다. 때때로 갈채하는 소리가 영국함대의 병사들 사이에서 나오는 것을 듣더니 반은 살고 반은 죽어있던 중에도 넬슨의 얼굴은 화려한 미소로 가득했다. 함장이 다시 와서 말했다.

"대승! 대승입니다! 적함 15척을 격침하였습니다."

넬슨이 듣고 크게 기뻐하여 말했다.

"두 차례에 20여 척을 격침하였으니 대승이네. 하나님에게 감사를 올리게. 나의 의무는 오늘 완수되었네."

천고의 영웅 넬슨은 오후 4시 30분에 사망하였다.

이 전투에서 만일 승전하지 못했다면 영국은 프랑스의 영토가 되었을 것이다. 넬슨 한 명이 있어서 프랑스 해군을 트라팔가에서 대파하였으며, 또 웰링턴[29](또는 와림등(瓦林登)이라 말함)은 육군을 워털루[30]에서 대파하였으니, 유명한 나폴레옹도 유럽 병탄의 사업이 실패하고 끝내 제위도 잃어버려 아프리카의 세인트 헬레나[31] 섬

---

28) 어깨 부분이 전부 잘렸으니: 이 표현은 『소년지낭』의 "어깨가 총에 맞아 꿰뚫려 있어서(肩が撃ち拔かれてあるから)"(74쪽)보다 더 과장된 표현이라고 할 수 있다.

29) 웰링턴(우에린돈, Arthur Wellington, 1769~1852): 나폴레옹 전쟁에서 영국군을 이끈 공로로 공작(Duke)으로 임명된 인물이다. 특히 워털루 전투(1815)의 승리가 유명하다. 이후 영국 총리(1828~1830, 1834)를 지내며 보수적인 정치 개혁을 추진했다.

30) 워털루(와루데루로-, Waterloo)

에 유배되었다. 무릇 넬슨을 영국 군인의 본보기로 영국인이 존경하는 것은 당연한 일이다. 이 같은 군인이 있어서 최강의 해군이 되었고 세계의 강국으로 추앙받게 된 것이다.[32]

넬슨의 죽음에 영국인은 물론이고 유럽인이 모두 진실한 마음으로 슬퍼하였다. 영국 정부에서도 지극히 우대하여 그 형제에게는 백작의 작위를 부여하였고 연금 6천 파운드를, 자매에게는 연금 1만 파운드와 10만 파운드의 자산을 하사하였다. 기념상과 기념패가 곳곳에 세워졌고 국가장(國家葬)으로 장례를 진행하였다. 황족 및 유명한 사람들이 의식에 참여하였으며 납으로 제작된 관은 유물로 남겨졌고 장례식에서 사용한 깃발은 병사에게 나누어주어 명예로운 기념물로 보관하였다.

31) 세인트 헬레나(센도헤레나, Saint Helena)
32) 추앙받게 된 것이다. : 이 대목 다음에 "이 넬슨은 우리 일본 군인의 본보기로 삼아도 충분한 인물이므로 이곳에 그의 이야기를 든 것입니다."(『소년지낭』, 76쪽) 이 생략되었다.

표트르 대제[1]

러시아라고 하면 세계 강국의 하나로 독일·영국·프랑스·오스
트리아 등의 나라와 어깨를 나란히 하는 5대 강국으로 불린다.[2]
러시아는 영국과 프랑스처럼 과거에 개화한 나라가 아니라, 그 개
화가 가장 늦은 나라다. 서양인은 "18세기 초까지 러시아인은 역사
상에 나타나지 않았다."라고 말한다.[3] 18세기경에 비범한 호걸 황
제가 출현하여 문명국이 된 것이다.[4]

    러시아에 원래부터 거주하던 인종은 슬라브족[5]이라고 하는데,

---

1) 표트르 대제(彼得大帝, Peter the Great, 1672~1725). 『소년지낭』의 경우 표트
르 대제의 영문명인 "PETER THE GREAT"(77쪽)가 병기되어 있다.
2) 불린다.: 『소년지낭』에는 이 대목 다음에 "유달리 우리 일본과는 가까운 나라이므
로 누구에게나 잘 알려져 있습니다."(78쪽)가 있으나 『오위인소역사』에서는 생략되
었다.
3) 말한다.: 『소년지낭』에는 이 대목 다음에 "실제 그러합니다. 18세기라 함은 정확히
우리 도쿠가 5대 쇼군 츠나요시(綱吉)의 시대로,"(78쪽)가 있으나 『오위인소역사』
에서는 생략되었다.
4) 문명국이 된 것이다.: 이 대목 이후 『소년지낭』의 내용이 대량 삭제되었다. "요즈
음 우리나라에서 빈번히 러시아·러시아라고 말하므로, 그 위대한 황제의 업적을
이야기하면서 또 동시에 왜 그토록 미개했던 국가가 급속히 위대한 국가가 되었는가
하는 유래를 기술해보겠습니다. 우리나라가 점차 세력이 성대해져 러시아와도 손을
잡고 교우하지 않으면 안 되는 오늘날이므로, 그 역사의 대강을 알아두시는 것도
결코 무익한 일이 아니리라고 생각합니다."(78쪽, 80쪽)로서, 일본과의 관계성을
중심으로 서술되었기에 번역되지 않은 것으로 보인다.

덴마크[6]에서도 노르만[7]이라 일컬어지는 인종이다. 이들은 유럽 여러 나라를 유린하여 지금의 영국과 프랑스 등 대부분이 그 피해를 입었으며, 그 나라의 왕이 된 일도 있으니 러시아도 그중 하나였다. 루릭[8]이라 불리는 사람이 비로소 러시아의 기초를 세우니 서력 862년[9]이었다. 그 후로 지나(支那)에 몽고(蒙古)라 하는 나라가 일어나 각 지역을 정벌하니 러시아도 그 때에 몽고의 유린을 면할 수 없었다. 오늘날 러시아라고 하면 최대강국이지만 그때에는 실로 약소한 나라였다. 발트해[10](즉 파라적해(婆羅的海))와 흑해(黑海)도 그 경계 밖에 있었으니, 지금의 최대 강국이 되기에 이른 것은 전술한 호걸 황제의 사업이 있었기 때문이다. 황제라고 부르는 것을 러시아에서는 짜르[11]라 칭한다.

호걸 황제, 곧 짜르는 서력 1672년[12]에 태어난 표트르다. 표트르의 할아버지 때 전술한 루릭의 계통이 단절되고 마하일 로마노프[13]

---

5) 슬라브족(스라부, Slavs)

6) 덴마크(丁抹, Denmark)

7) 노르만(노루만, Norman)

8) 루릭(루-리구, Rurik, ?~879): 9세기 동슬라브족과 핀-우그릭족의 요청으로 노브고로드를 통치하며 루리크 왕조를 창시한 전설적인 바이킹 지도자이다. 그의 후계자들이 키예프 루스를 건국(882년)하며 러시아 왕조의 기틀을 마련했다.

9) 서력 862년: 『소년지낭』에는 "세이와(清和) 천황 즉위 4년, 즉 조칸(貞觀) 4년"(81쪽)으로 되어 있다.

10) 발트해(바루도海, Baltic Sea)

11) 짜르(싸-, Tsar): 러시아 제국의 군주를 의미한다.

12) 서력 1672년: 『소년지낭』에는 "4대 쇼군 이에츠나(家綱) 시대, 즉 간분(寬文) 12년"(82쪽)으로 되어 있다.

13) 미하일 로마노프(미가에루, 로마-노후, Mikhail Romanov, 1596~1645): 1613

라 불리는 인물이 러시아의 짜르가 되니, 그 사람이 지금 러시아 황제의 선조가 되었다.[14]

마하일의 다음은 그 아들 알렉세이[15]요 그 다음은 표도르[16]요 그 다음을 계승한 자가 그 동생인 표트르니, 그의 나이 10세였다. 섭정(攝政)을 했던 누나 소피야[17]는 상당한 악인으로, 표트르를 폐위시키고자 했다. 표트르는 계책으로 소피야(한문의 소비아(所非兒))를 사원에 유폐하였다. 표트르는 성정이 거친 청년이어서 매우 꾸밈 없는 기상으로 무슨 일이든지 실천하였으나 그 누나 소피야는 표트르를 업신여기고 악당을 측근에 붙여 악한 행동을 하도록 만들었다. 그러므로 표트르의 악한 성정은 교육이 불완전한 까닭이다.

표트르는 예사로운 인물이 아니었다. 스스로 자기의 단점에 유의하여 잘못을 고치는 데 집중하였다. 각 사물의 이치를 모르면

년 러시아의 첫 번째 로마노프 왕조 짜르가 되어 러시아를 안정시킨 군주이다. 그의 즉위로 로마노프 왕조(1613~1917)가 시작되었으며, 이 왕조는 이후 300년간 러시아를 통치했다.

14) 선조가 되었다.: 『소년지낭』에서는 미하일 로마노프의 즉위 시기를 "오사카 군대에서 도요토미 가문이 멸망한 해의 3년 전 되는 해"(82쪽)로 특정하였으나 『오위인소역사』에서는 생략되었다.

15) 알렉세이(에기시스, Alexei Mikhailovich, 1629~1676)는 러시아 로마노프 왕조의 두 번째 짜르(1645~1676)로, 행정 개혁과 군사 강화를 통해 러시아의 중앙집권화를 추진한 군주이다.

16) 표도르(휘-오쏘루, Fyodor III, 1661~1682)는 러시아 로마노프 왕조의 짜르(1676~1682)로, 개혁 정책을 시도했으나 건강이 악화되어 단명한 군주이다.

17) 소피야(소휘아, Sophia Alekseyevna, 1657~1704): 러시아 로마노프 왕조의 공주로, 1682~1689 동안 어린 표트르를 대신해 섭정으로 통치하며 권력을 장악했다. 1689년 실각하여 수도원에 감금되었고, 이후 정치에서 배제되었다.

큰일을 이루기 어렵다고 하여 유럽 여러 나라의 사정을 듣고 그 방법을 모범으로 삼고자 하였다. 우선 내려오던 기병(騎兵)제를 폐지하고 유럽 여러 나라의 군대 편제법으로 조직하였다.

그때 스웨덴[18]인은 발트해안을 보유하고 있었고 튀르키예인은 흑해를 영유하고 있었으나, 러시아는 조그마한[19] 해안도 없었다. 표트르는 "이것이 러시아의 결점이다."라고 말하고 국세를 성대하게 하고자 해군을 편성하였다. 당시 러시아에는 함대를 일컫는 어휘도 없었으니 그 나라 사정을 충분히 추측할 수 있을 것이다.

이에 표트르는 함대를 편제하고 돈강[20] 하류로 내려가 1696년[21]에 튀르키예인과 전쟁을 시작하였다. 먼저 아조프[22]를 공격하고 빼앗아 흑해의 관문이라 칭하는 곳을 점령하였다.[23]

러시아에서는 외국에 나가는 것을 싫어했지만, 표트르는 말했다.

"국민을 외국으로 파견 또는 이주함은 지식을 넓히게 하며 협소한 의견을 개량하는 방법이다."

이에 청년들을 게르만, 이탈리아, 네덜란드 등에 파견하였으며, 자신도 각국을 순람하고자 하여 네덜란드 공사를 수행하여 단지

---

18) 스웨덴(瑞典, Sweden)

19) 조그마한: 『오위인소역사』에는 "尺寸"(29쪽)으로 되어 있다.

20) 돈강(쏜江, Don River)

21) 1696년: 『소년지낭』에는 "일본 겐로쿠(元禄) 9년"(84~85쪽)으로 되어 있다.

22) 아조프(아쏘우, Azov)

23) 아조프를 …… 점령하였다.: 『오위인소역사』에는 "아조프를 점령하였고, 흑해의 관문이라 칭하는 곳을 점령하였다."(29쪽)로 되어 있지만 원래는 아조프가 바로 흑해의 관문이라는 의미이므로 수정하였다.

종자(從者)에 불과한 자격으로 출발하였다.

표트르 일행은 먼저 리가만(灣)[24]을 건너 프로이센[25]을 경유하여 네덜란드로 가 암스테르담에서 각처를 돌며 견학하였다. 그중 가장 감복한 것은 잔담[26] 마을에 있던 조선소였다. 표트르는 곧 조선소에 들어가 직공으로서 일하고자 결심하였다. 천자(天子)의 지위를 가지고서 공사(公使)의 종자로서 외국을 여행한 것도 이해하기 어려운 일이지만, 또한 비천한 한 직공으로서 일하고자 한 것은 실로 세상 사람이 놀랄 만한 일이었다.

표트르는 표트르 미하일로프라고 이름을 바꾸고 잔담 조선소에 들어가 비천한 직공 등과 함께 하며 입는 것과 먹는 것도 다른 직공과 동일하게 하였다.[27] 처음에는 누가 러시아의 천자라고 알았겠는가. 자신의 본분이 밝혀진 후에도 표트르는 한결같이 평범하게 조선소 업무를 완전히 학습하였다. 야간에는 본국 대신 등에게 서신을 보내 행정 방침을 지휘하거나, 또 네덜란드에 주재 중인 러시아 공사와 업무를 상의하는 등 한가한 틈은 조금도 없었다.

한편 표트르는 네덜란드어를 배웠으며 축성학(築城學)과 토목학을 공부하였고 해부학을 연구하였으며 외과에도 능통하였다. 각종

---

24) 리가만(灣):『오위인소역사』에는 "리까江"(29쪽),『소년지낭』에도 "リガ河"(85쪽)으로 되어 있지만, 리가(Riga)와 관련된 강은 존재하지 않기에 수정하였다. 리가만(Gulf of Riga)은 현재 라트비아와 에스토니아 사이에 위치한 발트해의 일부이다.

25) 프로이센(普魯西, Preussen)

26) 잔담(싸-루쯤, Zaandam)

27) 동일하게 하였다.:『소년지낭』에는 이 대목 다음에 "보통의 누추한 집에서 기거하며 지냈습니다."(87쪽)라고 되어 있으나『오위인소역사』에서는 생략되었다.

제조 및 공업 방면의 여러 회사 대부분을 세밀하게 살펴보기도 했다.

표트르가 네덜란드에 체류한 지 10개월이 되어 그로부터 영국으로 갔다. 영국에서도 네덜란드에서 했던 것처럼 갖가지 문물[事物]에 주목하여 국세(國勢)를 관찰하였고 조폐국(造幣局)을 둘러보았으며 대학 제도를 시찰하여 견문을 크게 넓혔다. 또한 포츠머스[28]에서 해군의 훈련을 견학하고 크게 기뻐하며 말했다.

"나는 러시아의 천자가 되는 것보다 영국의 해군대장이 되는 것이 기쁘겠구나."

표트르는 또 다른 조선소에 들어가 견습하고 수학 및 항해술을 연구하여 큰 수확을 거두기도 했다. 1698년 말에 영국에서 출발하여 네덜란드에 잠시 체류하다가 빈[29]으로 갔다. 독일 황제와 회견하고 체류하던 중 본국에서 근위병의 폭동이 일어났다는 보고를 듣고 급히 귀국하였다.

이때까지는 표트르가 준비하는 시기였다. 각종 문물을 연구하여 축적한 셈이다. 그 이후부터는 준비했던 각종 문물을 실제로 응용하는 시기가 되었다. 유럽 여러 나라에서 학습한 것을 자기 나라에 시행하여 국세를 성대하게 하였다. 어떤 일에 먼저 착수했는가 하면, 첫 번째는 수염에 세금을 부과였다. 무릇 러시아의 복장은 동양의 복장과 흡사하여 만사에 불편한 옷이었다. 그 복장제도를 개선하여 신체에 적합하게 하였다. 가장 유명한 것은 다수의

28) 포츠머스(포-쓰누스, Portsmouth)
29) 빈(維也納, Wien)

재봉사와 이발사를 각 도시 관문에 두고 왕래하는 사람들의 의복을 수선하여 신체에 적합하게 하고, 수염이 있는 사람은 그 수염을 자르게 한 것이다.

또한 달력을 바꾸어 그 해 9월 1일을 정월 1일로 정하니, 사람들이 놀라 해와 달이 가는 길을 천자가 변경하였다고 말하였다. 기타 외국에서 유명한 기술자와 공학자 등을 다수 초빙하여 각종 제조장과 회사를 창립하게 하였다. 항해술과 농업과 목축과 문명국에 필요한 사업을 일일이 사람들에게 가르쳐 대학교와 전문학교와 도서관과 박물관과 식물원과 인쇄소 등을 새롭게 설치하였다.

이처럼 표트르는 실행하기로 결심한 일은 대부분 실천하고 개혁하여 귀족의 불평과 사람들의 불복종에도 불구하고 국민의 영원한 이익을 계획하고 시도하였다. 이에 야만의 러시아가 세계의 문명 강국이 된 것이다.

표트르의 개혁은 국내 일에 마음을 쏟았으나 여기서부터는 외국에 관한 사업을 진술해보겠다.

표트르가 우선 흑해 함대를 설치하여 돈강과 볼가강[30]을 연결하시키려 하였고 발트해에 항만을 하나 확보하고자 하였다. 그러나 발트해는 당시 유명한 강국 스웨덴에서 점령하고 있었다. 스웨덴 왕 카를 12세[31]도 역시 영웅이었다.[32] 표트르는 덴마크와 폴란드[33]

---

30) 볼가강(보루까江, Volga River)

31) 카를 12세(가로로 十二世, Charles XII, 1697~1718): 스웨덴의 국왕으로 대북방 전쟁(1700~1721)에서 러시아의 표트르 대제와 맞서 싸웠던 강력한 군사 지도자이다. 1709년 폴타바 전투(Battle of Poltava)에서 러시아에 패배하며 스웨덴 제국의

국왕과 결합하여 스웨덴과의 전쟁을 시작하였다. 적 카를 왕은 유명한 장군으로 표트르가 누차 패배한 바 있었다. 그때에 표트르는 출병하여 핀란드[34]를 차지하며 네바강[35] 하구에 새로운 수도를 건설하였다. 이것이 유명한 상트 페테르부르크[36]로, 옛 수도 모스크바[37]는 내지에 있어 외국과 무역하기에 적합하지 않아서 발트해에 수도를 두려 했는데 이제 그 목적을 달성하니 서력 1703년이었다.[38] 이 전쟁이 북방전쟁[39]이라 하여 유명한데, 카를 왕은 풀타바[40]에서 표트르에게 크게 패배하여 세력이 점차로 약해져 전사하였고 러시아는 스웨덴으로부터 발트해 동쪽 연안의 토지를 획득하였다.

표트르는 카스피해에 배가 정박할 곳을 얻고자 페르시아도 정벌하였다. 이렇게 러시아는 표트르의 정성과 열정으로 국운을 크

쇠퇴가 시작되었다. 1718년 노르웨이 원정 중 전장에서 전사했다.

32) 카를 12세 역시 영웅이었다. : 『소년지낭』에는 "그 왕은, 역시 위대한 칼(Karl) 12세였습니다."(92쪽)로 되어 있다. 즉, 『오위인소역사』에서는 '영웅'이라는 표현을 첨가하였다.

33) 폴란드(波蘭, Poland)

34) 핀란드(芬蘭, Finland)

35) 네바강(네바河, Neva River)

36) 상트 페테르부르크(베데루루투쑤, Saint Petersburg)

37) 모스크바(모스구바, Moscow)

38) 서력 1703년이었다. : 『소년지낭』에는 이 대목에 "이때가 겐로쿠 16년으로 정확히 아코(赤穂: 지금의 고베지역, 역주)의 의사(義士) 오이시 요시오(大石良雄)가 할복했던 해입니다."(93쪽)라고 되어 있다.

39) 북방전쟁: 『오위인소역사』에는 "북유럽전쟁[北歐戰爭]"(32쪽)으로 되어 있으나, 지금은 대부분 '북방전쟁'으로 표기하고 있어서 수정하였다.

40) 풀타바(푸루도와, Poltava)

게 떨쳤으며 영토를 광대하게 확장하였다. 그러나 표트르가 54세 때에 열병으로 인하여 죽음을 맞았으니, 이는 락타호[41]에서 거함(巨艦)이 침몰하는 것을 보고 구조하고자 하여 물속에 들어갔다가 병이 생긴 것이었다. 곧 서력 1725년[42]이었다.

표트르 이전에 러시아는 야만국이었다. 항만도 없으며 영토도 매우 좁았는데 표트르가 문명의 풍속과 개화를 모범으로 삼아 유럽 강국과 어깨를 나란히 하며 러시아를 세계에 널리 알렸다.[43]

존귀한 신분을 생각하지 않고 비천한 직공이 되어 직업과 학문을 연구하는 정신과 백 번을 부러질지언정 휘어지지 않는 기상은 실로 경탄할 만하다. 러시아가 지금의 위세를 유지하는 것은 전적으로 표트르의 정성과 열정에 있다. 그러므로 세상 사람이 표트르를 대제라고 일컫는 것이다.

표트르 대제 이후로 등극한 짜르 중에서 유명한 인물은 예카테리나 2세[44]라 하는 여왕이다. 프로이센과 오스트리아와 러시아 3국이 동맹하여 폴란드를 분할한 왕도 곧 예카테리나 2세 여왕이다. 지금 러시아 황제는 니콜라이[45]인데 서력 1868년에 태어났으며 서

41) 락타호(라쏘까湖, Lake Ladoga)
42) 서력 1725년: 『소년지낭』에는 "이 해가 우리나라에서 아라이 하쿠세키(新井白石)가 죽은 쿄호(享保) 10년이었습니다."(94쪽)라고 되어 있다.
43) 러시아를 세계에 널리 알렸다.: 『소년지낭』의 같은 대목은 "러시아가 러시아다운 나라가 된 것입니다."(94~95쪽)로, 의미상 차이가 크다.
44) 예카테리나 2세(가다리나 二世, Catherine II, 1729~1796): 1762년부터 1796년까지 러시아를 통치한 여성 황제로, 러시아를 유럽 강대국으로 성장시킨 군주였다. 특히 영토 확장(크림반도·폴란드 분할), 행정·교육 개혁을 추진하며 '러시아의 황금기'를 이끌었다.

력 1891년 황태자 때에 일본을 두루 다녔으며 서력 1894년에 즉위
하였다.

오위인소역사 끝

---

45) 니콜라이(니고라이, Nicholas II, 1868~1918): 니콜라이 2세를 뜻한다. 그는
1894년부터 1917년까지 통치한 러시아 제국의 마지막 황제로, 그의 실정과 러시아
혁명으로 인해 로마노프 왕조가 멸망했다.

해설

오위인소역사*
: 알렉산더·콜럼버스·워싱턴·넬슨·표트르 약전

손성준

『오위인소역사』(五偉人小歷史)는 이능우(李能雨)가 국한문체로 번역한 서적으로, 1907년 5월 보성관(普成館)을 통해 출판되었다. 이 번역서는 외적인 측면부터 몇 가지 차이점을 지니고 있다. 첫째, 이 저작을 '전기물'로 분류한다면, 1907년부터 본격화된 단행본 번역 전기의 흐름에서 가장 앞자리에 위치한다. 『오위인소역사』의 발간 시점인 1907년 5월은 두 번째인 박은식의 『서사건국지』(瑞士建國誌)(대한매일신보사, 1907.7)보다 근소하게 앞서 있다.

둘째, 『오위인소역사』는 당대의 다양한 단행본 전기물 중 유일하다고 할 수 있는 소전(小傳) 모음집이다. 다섯 명은 물론이고 당

---

* 이 해제는 손성준, 『중역한 영웅─근대전환기 한국의 서구영웅전 수용』(소명출판, 2023)의 제3부 제3장 「새 시대를 열 소년자제의 모범, 『오위인소역사』」를 토대로 간결하게 재구성한 것이다.

시 한국의 전기 서적류에는 복수(複數)의 주인공을 담고 있는 서적 조차 찾기 어렵다. 『오위인소역사』는 각 인물의 일대기를 압축하고 선별된 일화에 집중하는 형태를 취했다. 그 결과 5명(알렉산더, 콜럼버스, 워싱턴, 넬슨, 표트르)의 전기를 한 권에 수록하였음에도 원문이 총 33면에 불과하여 『갈소사전』(噶蘇士傳)(55면), 『비사맥전』(比斯麥傳)(71면), 『화성돈전』(華盛頓傳)(62면), 『성피득대제전』(聖彼得大帝傳)(82면) 같은 당시의 단독 전기물들보다 분량이 훨씬 적었다.

셋째, 번역자 이능우는 본문 첫 면에 "佐藤小吉 著 / 李能雨 繹"이라 하여, 일본인 원저자 사토 쇼키치(佐藤小吉)의 이름을 밝혀 두었다. 이 역시 당시 번역물로서는 일반적이지 않다. 이 사실이 더욱 흥미로운 이유는, 원저자는 밝혔는데 책의 제목을 새로 지었기 때문이다. 검토 결과, 『오위인소역사』의 저본은 사토 쇼키치의 저술 중 『소년지낭(少年智囊) 역사편(歷史篇)』(育英舍, 1903.3)로 밝혀졌다. 즉, 『소년지낭 역사편』에서 『오위인소역사』로의 개제(改題)가 이루어진 것인데, 당대의 번역서 중 제목이 이 정도로 바뀐 경우는 이 책이 유일하다고 해도 무방하다.

원저자 사토 쇼키치는 도쿄제국대학의 문학사(文學士) 출신으로 여러 저술을 남긴 인물이다. 그중 중등교과서 『일본사강』(日本史綱)(育英舍, 1903)은 사토가 『소년지낭 역사편』을 준비하던 시기에 육영사(育英舍)를 통한 또 다른 교육용 역사서의 집필을 시도했다는 사실을 알려준다. 또한 1910년에 편찬한 『신대물어』(神代物語)(大日本圖書, 1910)에는 황궁의 귀족이나 원로 학자, 정부 관계자 등이 보내준 휘호나 서문 등이 대거 포함되어 있다. 이를 통해 사토가 상류층 인사들과 긴밀하게 교류했던 점도 확인할 수 있다.

『소년지낭 역사편』은 제목에서 알 수 있듯 원래부터 소년 독자를 겨냥하고 있었다. 다만 '소년지낭' 자체는 사토 쇼키치가 아니라 출판사 육영사가 기획한 시리즈의 명칭이다. 이 시리즈에는 『소년지낭 물리편』(物理編)(足立震太郎), 『소년지낭 군사편』(軍事編)(長尾耕), 『소년지낭 동물편』(動物編)(石川千代松) 등도 존재했다. 이 책들이 모두 『소년지낭 역사편』과 마찬가지로 1903년도에 발간된 사실은 육영사의 주도적 역할을 보다 선명하게 드러낸다. 1890년대 중반 이후 일본의 출판계에는 소년 독자층을 대상으로 한 전기물의 발행이 총서의 형태를 띠고 크게 일어나고 있었다. 1899년부터 박문관(博文館)이 간행한 '세계역사담' 총서가 대표적이다. 『소년지낭』도 이상의 출판 흐름 속에 녹아들어 있었던 셈이다.

사토 쇼키치 역시 이러한 점을 감안하여 소년 독자에게 더욱 적합한 글쓰기 방식을 택했다. 우선 그는 "です/ます"로 종결되는 경어체를 구사했다. 또한 그는 내용의 곳곳마다 사건에 대한 저자의 친절한 해설을 첨가하여 독자가 당시의 상황을 곱씹어보게 해주었다. 『소년지낭』은 여타 서적보다 활자 크기도 컸고, 소년 취향에 맞는 삽화도 여러 장 들어 있었다.

한편, 『소년지낭』에서 사토는 5명의 전기 곳곳마다 일본적 요소와 결합하여 서술하였다. 이를테면 알렉산더를 도요토미 히데요시와 비교한다거나, 콜럼버스 항해의 목적지가 사실 일본이었다는 등 사토에게 있어서 서양사의 주요 국면들은, 일본적인 것들의 환기 지점이기도 했다. 또한 사토는 천황의 연호나 일본식 기원인 고키(皇記)를 기준으로 한 시간의 표현 방식을 사용했다. 거의 모든 연도 표기에서 이 원칙은 고수되어, 서양인의 전기임에도『소년지 낭』에는 '서력'이 한 차례도 등장하지 않게 된다. 이상의 패턴이 반복적으로 적용된 결과, 서양 전체를 무대로 한『소년지낭』속에서 가장 지속적으로 등장하는 것은 다름 아니라 일본에 관한 언급이었다. 요컨대『소년지낭』은 서양의 역사를 재료로 일본의 내셔널리즘을 구축하는 기획이었다고 할 수 있다.

그러나 이능우가 번역한『오위인소역사』에서는 전술한『소년지낭』의 특이점들이 모두 삭제되거나 수정되었다. 1883년생 이능우는 관립중학교 심상과를 졸업하고 동교 교관으로 임용된 바 있으며, 1908년 내부 본청 대신관방 문서과의 '번역관(6급)'으로 재직하기도 했던 인물이다. 그는 친일적 삶을 살다가 대동단원(大同團員)으로 전향하여 징역살이에까지 이른, 당시로서는 흔치 않은 행보를 보인다.『오위인소역사』의 작업 시기는 그가 친일 노선에 속해 있었던 시기에 이루어졌을 가능성이 크다. 하지만 그가 관계를 맺고 있던 보성관의 이념 자체가 애국적 계몽운동과 직결되어 있었고 이능우 역시 결국에는 독립운동으로 나아갔던 만큼, 당시의 그도 한쪽으로 편향되어 있었다고 단정하기는 어렵다.

이능우의 번역에서 나타나는 표면적 차이점은 소년 독자 지향에서 이탈했다는 사실이다. 단순히 제목에서만 '소년'을 뺀 것이 아니라 저본의 경어 사용을 따르지 않았으며 사토 쇼키치의 추가 해설이나 감정 이입성의 발화들도 집중적으로 생략하였다. 이 외에 삽화 부분이 전량 삭제되기도 했다.

더 중요한 것은 이능우가 일본 관련 흔적을 삭제한 데 있다. 이능우는 『소년지낭』을 옮겨내다가 일본의 역사나 인물이 등장하면 여지없이 삭제했는데, 그 정도가 대단히 치밀하다. 단적으로 『오위인소역사』에서 일본 관련 논의는 그 흔적조차 찾아볼 수 없다. 서양 각국의 위인들을 소개하는 서적에서 일본인과 일본사는 그 존재 자체가 불순물이기에 이는 당연한 조치로 볼 수도 있다. 『소년지낭』이 말하는 서양사의 각 부분은 일본의 사정과 긴밀하게 연동되어 있었고, 다섯 주인공과 관련된 각 메시지의 수렴점 자체도 일본이었기에, 만약 일본이라는 존재를 지운다면 이는 텍스트의 본질을 해체하는 것이나 진배없었다. 즉, 『소년지낭』의 특수성이라 할 만한 정치적 속성이 무화(無化)되는 것이다.

그러나 일본 텍스트의 정치성에서 이탈한다고 해서 『오위인소역사』가 탈정치성을 획득하는 것은 아니다. 가령 일본이 주체가 되는 민족성의 정치적 배치 방식에서 그 '방식'은 유지한 채 '주체'만 한국으로 치환한다면, 이는 정치성의 되풀이일 뿐이다. 가령 언급했듯 『소년지낭』에는 천황의 연호나 일본식 기원이 적용되었는데, 『오위인소역사』에서는 이것이 '서력'으로 대체되었다. 이능우가 별도로 계산하여 넣은 것이다. 그런데 그중 몇 군데의 일본식 연호는, '태종', '성종', '영조' 등의 조선식 연호로 대체되기도 했다. 비록 사토에 비하면 소수에 그치고 서력을 앞세운 다음 뒤따르는 모양새라고는 해도, 여기서 이능우는 분명 사토가 천황의 이름을 내세우던 방식을 그대로 따라 한 것이다. 이는 세계사 속에서

국사의 알리바이를 확인하고자 하던 욕망의 전이(轉移)일 수 있다.

그럼에도 불구하고 『오위인소역사』라는 결과물만 놓고 보면, 일본의 내셔널리즘을 강화하는 데 복무하던 『소년지낭』의 정치성은 이미 해체되고 없었다. 일본의 역사 기억을 공유하는 일본인 만들기가 『소년지낭』의 정치화된 지점이라면, 모든 일본 관련 흔적을 삭제했을 때 남는 것은 무엇인가? 그 잔여물에서 오늘날의 위인전과 구별되는 특별한 면모를 찾기란 쉽지 않다. 결국 『오위인소역사』의 주된 효용은 근대 지(知)의 핵심인 '세계 지(知)'의 획득과, 각 인물의 일화로부터 묘출되는 교훈으로 귀결되었다. 그 교훈들이란 꿈, 도전, 인내, 겸손, 충성, 희생, 실천, 노력 등과 같은 전형적인 것들이다. 『오위인소역사』에서 남는 것은 '오위인'의 '소역사' 그 자체이며, 이들 서양사의 주인공들은 일본을 위한 복무를 끝내고 자신의 거처로 귀환한다.

五偉人小歷史

여기서부터는 영인본을 인쇄한 부분으로 맨 뒷 페이지부터 보십시오.

1

2

少年智囊 歷史篇

文學士　佐藤小吉著

亞歷山大王 ALEXANDER THE GREAT

日本で、豪い人を擧げると、太閤と云ふ樣に、西洋では亞歷山（あれきさんでる）とか、奈破翁（なぽれおん）とかと數（かぞ）へます。さて亞歷山とは、どういふ人であるか其の傳記を述べて見ませう。

西洋諸國の中で最も早く國の開（ひら）けたのは、希臘（ぎりしゃ）で、其の次は羅馬（ろーま）であります、今の英・佛・獨抔（など）は、皆後で開（ひら）けたので、いはゞ、希臘・羅馬の文明が這入（はい）って來て、其の

御蔭で、開けたといつて可い位です。希臘は、我が國の
神代の昔には、隨分盛な國でありましたが、第六代孝
安天皇の頃には、餘程國の勢が弱くなつて居ります。
その時、希臘の北に、マケドニアといふ國がありまし
て、今は土耳其の領分になつてゐますが、其の頃は開
けないで、希臘人は野蠻國といつた位でありますそ
の國に、フィリポといふ王樣がありまして、希臘を攻
め取り、中頃殺されましたが、中々豪い王樣であり
ました。亞歷山は、即ちそのフィリポの子でありま
した。亞歷山の生れたのは、我が紀元三百五年で恰孝安天
皇の御代に當つてゐます亞歷山は幼少の頃より、人

並に勝れてゐた事は、次の咄で能く分ります。

希臘ではオリンピャ競技とて、四年目毎に競走者が、

各地からよりまして、其の一等賞を得た者は、大層な

名譽になって居りますが、亞歴山は競走に得意です

から、ある人「君も競走してはどうだ」と聞くと、「や、私は

各國の帝王と、何かの競走ならばしようが、只競走な

らば御免だ」と云った又父フィリポより軍に勝った

報知が來ますと、誰れも喜ばん者はありませんでし

たが、只亞歴山一人のみは、困ったと云ふ顔で、かよー

に御側の人に咄しました。「私の父様はさう皆國を取

ってしまっては困る。私の取るべき場所がなくなる

5

から」と。

又或る時フィリポ王に駿馬を賣りに來たものがある。王が之を買はうとて、臣共と乘って見ようとしたが、中々の悍馬で、とても手につきません。それですから、これを還さうとしますと、傍に居った亞歴山は「あゝ惜しいことだ。乘ることも知らずに、あの名馬をやるとは」と、かう申しました。フィリポは「それでは、汝乘れるか」と、尋ねますと、「はい確に乘れます」「しかし、もし乘れなかったならば、汝の大言に對しどんな罰をも受けるか」「私その馬の價をあげます」と、亞歴山の大膽なるには、皆驚かぬ人はありません。「どうして出來る

6

もんか」と、皆笑った位であります。罰金の約束で彌々

亞歴山が馬に乗ることになりました。人々は、どうな

ることかと息を殺して見て居ますと、亞歴山は、馬を

日の方へ向けましたこれは先に馬の荒れ廻るのは、

日の陰になりますと自分の影が地に落ちて、畏いか

ら狂ったのでありますこれを亞歴山が前から承知

していたのでありますさうして、馬の氣が靜になっ

たのを見ましてから、ひらりと乗り上り、或は疾風の

如く飛び廻り、或は靜々と這ふ様に歩いたり、少しも

意通りにならんといふことはありませんさあ、これ

を見ると、先に笑ったものは、いづれも拍手喝采じて

7

囃してはやしました。唯、フィリポは餘り喜ばしいので泣きま
して、亞歴山に申しますには、「汝の樣な者には、「マケド
ニアは、餘り小さすぎるから、汝の器量に適當だと思
ふ他の大國を、手に入れるがよい」と。

以上擧げましたのは、唯、幼少の頃の人に異つて居た
と云ふ二三の例ですが、これで十分に其の人となり
が分るであらうと思ひます。こんな人が、どうなつた
でせうかその上に、フィリポは、それぞれの師匠を見
立てまして、亞歴山に付け、色々の事を敎へさせまし
た。師匠の中に、アリストートルといふ人も御坐りま
す。此の人は、此の時に希臘の學者として名ある計ばかりで

なく、實に世界中の哲學者として、今以て必ず其の人の說はどうだ抔と引かれてある位の、有名なる學者であります。

フィリポ王は、希臘の大半を平げ、自ら希臘の盟主となり、尙當時の波斯を征伐しようと思ってゐました中途に、人より殺されました。一寸申さなければなりませんが、此の時の波斯といふは、亞細亞で、最も大きい强い國で、一度は、希臘を一呑にしようと、戰を起した事があった位の國です。處が、その時、希臘の人民は至って愛國心が强い國であるから、誰れでも心を一にして敵を防ぎ、遂波斯の大軍を破ったと云ふ、まあ

9

我が國の元寇の役とでもいふよーな事がありました。

亞歴山が、父に代りて王となったのは、我が紀元三百二十五年 孝安天皇の五十七年 で・恰二十歳の時であります。此の時に、波斯でも、ダリアスが王となった事であります。後で龍となり虎となりて戰をしよーとする者が同時に王となったといふ事なぞは、餘程不思議ではありませんか。

亞歴山は王となってから、色々の騷動、又色々の謀反抔を平げて、希臘の盟主と仰がれ、父王の志を繼いで、波斯を征伐しよーと企てましたこれは希臘人の自

10

亞歷山大王

亞歷山大王領地

11

12

分に向って叛かうとする心を、波斯征伐に向けよう
とする考であります。

王は、即位の三年目に、出師準備が出來上りましたか
ら、彌々亞細亞征伐に出懸けました其の兵隊は、歩兵
三萬人騎兵五千人だと申しますこの軍の準備が出
來ますと、政治家であれ、學者であれ皆御祝を申上げ
んために、出てこん人はありませんしかしシノープ
のダイオゼネスといふ學者のみは、一向顔が見へま
せん。亞歷山は仕方なく自分から家來を澤山引きつ
れて、ダイオゼネスの家に行って見ますと、此の先生、
太陽に向って日向ぼっこをして居りましたダイオ

ゼネスは、餘り仰山に人がきたもんですから、何事が起きたと、不思議に思って、のこ〳〵のび上り亞歴山の顔をきょろきょろ見廻しますから亞歴山は「先生、何か御望になる事でもありますか」と、尋ねますと、此の先生「別にないが、一寸そこを退いて、もう少し日光に當らせてくれ」と、答へました。家來共は、餘りの事に可笑くて堪りませんでしたが、亞歴山だけは、いかにも感服したといふ風で「あゝ私亞歴山でなければダイオゼネスになりたいものだ」と、云ひました燕や雀抔には、とても、鴻や鵠と云ふ様な大きい鳥の心は分らんと云ひますが此の咄もそれをいったものであ

りませう。序ですが、ダイオゼネスも中々の學者であ
ります。此の征伐は、亞歴山の遠征と云って、歴史上有
名の戰であります。味方は希臘・マケドニアの英雄豪
傑、雲の如く霞の如く澤山ありますし、敵は、當時その
富その勢、他に並ぶものなき國ですから勝負と云ふ
ものは、中々容易に決りません。龍の躍り、虎の嘯いて
鬪ふと云ふ樣で、雨を呼び、雲を起すと云ふ始末、雙方
頗る苦戰を致しました茲に戰狀を述べたいのです
けれども、とても述べる時と紙とはありません。結局
亞歴山の方は何時も仕合で、ダリアスの方はいつも
不幸ばかり續きまして、マケドニアの軍ダルダネル

の海峽を渡ってから、到る處敵を破り、小亞細亞の海
岸を陷れて、埃及を取り、ガーガメラと云ふ所で、波斯
王と、關が原と云ふ樣な戰をやり、遂に之を破り、都の
パーセポリスを陷れ、尙進んで、印度河を渡り、土地の
あらん限り、人のあらん限り迄攻め入らうとの考で
あったが部下の者が、さう餘り遠く行かうと云ふ事
を好まぬから、仕方なく、印度河より引き還し、自分は
陸軍を引き連れ、部下のネアルカスには海軍を率ゐ
て、海路波斯灣に向けて進ましめ、大層な難儀を致し
ましたが、無難にスーサに歸り、それからバビロンに
入り、逗留してゐましたしかし亞歷山の胸には、始終

16

功名の火が燃えてゐまして、印度を征伐せずに歸へ
ったのを、餘程殘念がった。所でも、もし折があったなら
ば、アラビアや、アフリカの沿岸の土地をも征服しよ
うと考へてゐました。

かういふ英雄も、病氣は敵する事が出來ませんで、餘
り酒を無闇に飲んだためかしらん、熱病にかゝりま
して、我が紀元三百三十八年七月、年僅に三十二で死
にました。即位してから十二年八箇月だと申します。

亞歷山のもう死なうと云ふ時に、側に居た人が「誰に
領地を讓ったら善い」と、聞くと、「や、誰れでも、最も、適當
の者へ」と、答へた。その心は誰れでも、王の領地を治め

る事の出來る人なら、よいと云ふ事でありませう。中
中膽の大きい事ではありませんか。
亞歷山は兵を出してから、バビロンに還る迄、恰十ヶ月
かゝりましたが、その領地は、中々夥しい者で、マケド
ニァ希臘は無論だが、南は小亞細亞・亞非利加の埃及
より、東は印度河を超え、北は黑海や裏海の側迄、昔か
らこんな大きい王國はないと云って居りますそれ
も、部下の士卒が行ったならば、まだ東の方へ手を延
ばした事は明かであります咄では、分りませんから
亞歷山の國のマケドニァと云ふ國又征服した國々
を一目で分る樣に、今圖で御目に懸けますから、征服

された國々がマケドニアに較べて、どの位大きいと
云ふ事を見なさい。

亞歴山は、東洋と西洋との學問や宗教や風俗習慣を
皆混こんで、そうして自分で、この大國の王様となら
うとしたんですけれども、不幸にも、病氣に罹り、まだ
其の領國の基礎が、よく固りませんのに死んだのは、
實に口惜しい事であります。世の人が亞歴山を唯、王
と云はないで、大王と呼んでゐます。

亞歴山は、一旦の怒りよりして、度々忠臣を殺した惡
い事があったけれども、又英雄として、中々感服すべ
き事蹟が澤山あります。或る夏の戰爭の頃で、長き間、

19

馬に乗ったために、亞歴山王も、其の士卒も、共に咽が渇いて堪りません、時に或る人が、甲に水一杯持って來て、亞歴山に捧げたものが御座ります。しかし自分計り飲むに忍びませんから、飲まずに之を棄てました。

すると、側に居た弱った士卒は、「私共は少しも渇かん」とて、直驅け行きました美談もあり、又分捕した金や寶物等は、夫れぞれ人にわけてやって、自分で取る抔の事は些ともありません又擒になった敵の妃の死んだ時には、ひどく立派に之を葬りました。此の事が敵王のダリアスに知れますと、波斯王は、大層有りがたがって、「萬一、私が勝ったならば、亞歴山に十分御禮

するし、又不幸にも破られたならは、亞歴山に波斯の
土地をみんなくれる様にしてくださいと、神に祈つ
た位である又ダリアスの死んだと云ふを聞き、亞歴
山は大いに泣き悲しみ、國王の葬式をしてくれたと
云ふ事である。元來ダリアスも餘程仁ある君で、決し
て凡庸の人でありません。

初め、亞歴山の|タイル|と云ふ所を圍んでゐた時に、ダ
リアスから手紙がまいりまして、「捕虜には、金一萬、タ
レント」を拂ひ、エウフラト河を以て、境として、其の以
西の地をくれるから和睦をせぬかと、云つてきまし
たそこで亞歴山は此の手紙を諸の大將に見せて、ど

21

154　오위인소역사

うしたらよからう」と、いふと、バルメニオは「吾亞歷山なら、許してやらん」と、いひますと、亞歷山は「吾バルメニオなら許してやらん」と、笑ったと云ふ事でありす。或る彫刻家があって、亞歷山に云ふには、スレースのアゾース山は人の形に彫るに都合がよい若し王樣が御望みとならば、どうです、そこに王樣の肖像を刻みさうして永久後世に殘しなさるに場所といったら、左に萬以上の人民の住んでゐる大都會を控へ、右には滾々として海に注ぐ急流の大河を眺め、天晴れの場所である」と、說きましたけれども、亞歷山は承知致しません。なる程亞歷山はこんな事をしなくって

もよいのです。亞歴山の通り過ぎた山でも、河でも、都でも、海でも、皆よき紀念でありまして、今以て昔の様に變らずにあります。態々後世の人から忘られない様にと、アゾース山に肖像を殘す必用はないでせう。

今埃及のチニール河近くにアレクサンドリア府と云て有名なる都會が御ざりますが、これは亞歴山自身で付けた名で、埃及ばかりでありません。亞細亞にも五つ六つアレクサンドリアが御ざりますし、しかし、今では埃及のアレクサンドリアが一番有名で、その他のは皆名が變ってゐますこれは、亞歴山の紀念として最も可い名で、其の名を聞いて、すぐ其の人を想ひ

出せます。

小さなマケドニア國より起って、非常に大國を手に入れた事や又心の大きいことや抔は、太閤の匹夫より起って天下を取り遂に朝鮮・支那を征伐したり又度胸の廣いこと抔と、よく似てゐませう。

閣龍（ころんぶす）

CHRISTOPHER COLUMBUS.

世の人が、西半球を新世界といふ譯は、此の半球のずっと後世に、發見されたからである。今誰れがどう云ふ工合に發見したと云ふ事を御咄しませう。

我が國の足利氏の末頃には、西洋にては、色々の發明

スプンロコ

25

がありまして、活字もできますし、粗布より紙を製し

ましたり、餘程世の中が開けて來ました皆樣の、御承

知の我が國に寇をしました、元といふ國の天子の成

吉思汗に仕へました家來に、マルコポロと云ふ人が

ありました。此の人は以太利の人で、十七年間も支那

に行って仕へて居まして、歸りには、亞細亞の東海岸

に沿ひ、印度より波斯灣に傳り、バグダードやコンス

タンチノプルを通過し、土産には、色々珍しい寶石と

か、玉とか、些とも世の人の見慣ぬ者を澤山持って來

ましたさうして云ふには、支那よりもっと東にジパ

ングーといふ國があって、其處の大名の家は、金の板

26

で葺かれ、奇麗な花、香のよい花が澤山あって、黄金や、寶石やあり餘って居る」と。

マルコポロのジパングーと云ふた島は即ち我が日本國を指したとの事だが、これが我が國の西洋に知れ渡った始めだと申します。マルコポロが我がジパングーに就きまして、大層面白く紹介しましてより、ひどく歐羅巴人の心に刺戟を與へ、航海の術や、冒險の業の大層流行時でしたから、誰れしもそんな島に行って見たい者だと、心懸けん者はありませんでした。

しかし何處からジパングーに行かうと云ふ事が、六ヵ

敷い。亞非利加の南岸を航海して行かうとすると、燒

ける様な日光や、種々の危き目を見ねばならぬし、又

今の土耳其より亞細亞に渡つて行くと、其の

頃土耳古人が小亞細亞地方に居て邪魔をするから、

此の路も通れませんどうしたならばよからうと思

つてゐると、よき考を付けた人がありました。それは、

閣龍で御坐います。

閣龍は羊の毛梳を商賣とする人の子で、我が國の後

花園天皇の永亨九年以太利のゼノア市に生れまし

た。恰ど南北朝が一つになりましてから二十六年目

に當つて居ります。

28

閣龍は長男でバーソロミューとデーゴーと云ふ二
人の弟と、又一人の妹がありましたけれども、兄のた
めに弟が名を知られた位で、別に何もこれぞといふ
事が世に知られて居りません。

親が閣龍をパピァの大學に入れて、幾何學や、地理學
や、天文學や、航海術や、などを學ばせました閣龍は大
學を終へましてから、ゼノァ共和國の水夫となりま
したが、幼少の時より天體學や、地理學を好きであり
ますから、段々と其の方に研究を始め、遂に圖引を職
業として身を立てる事に致しました。

閣龍も此の時の噂になって居るジパングーに就い

て考を始め、西の方に航海したならば、其の極樂の様

なジパングーに達せらるゝだらうと思ひました。弟

のバーソロミューがリスボンに居りますから、閣龍

も、其處に行き、圖引をして居ります中、其處に住まつ

て居る以太利人の航海者の娘と結婚しまして、大層

有益な色々の圖を手に入れたので、閣龍に取っては

中々益に立ちました。

なぜ閣龍は、西の方に行ったならば、ジパングーに達

するであらうと考へたかといふに、先づ世のまだ開

けません時には、地球を平たきものと思ひ、又は四角

なものと思ったものもありましたが、閣龍の考では、

30

地球は毬の如く、圓き物だと思ひましたから、東から
亞細亞に行けるものなら、西からも行けると云ふ譯
で、つまり大西洋は、亞細亞と歐羅巴との間にある海
だと思ひました又ぼんやりと、昔西の方に行って大
陸を見た抔と云ふ言ひ傳へも殘って居るし、又大西
洋に時々珍しい草や木や、丸木船などが流れて來る
し、或る時は、船の中に銅色の人體を見た事があるか
ら、閣龍は益々西に國があるに相違ない、そしてその
國はジパングーであると云ふ事を信じて疑ひませ
んでした。それですから、閣龍の胸の中には、西から確
に、亞細亞に行けるといふ事を考へて、どうかして、早

く金の蒔かれ、美しき花、匂のよい、香のある土地に行
って見たいものだと、始終考へて居りました。
閣龍は、胸にある考を行ふとすると、どうしても、有力
な大名とか、王とかの助をからなければなりません。
處で、世の人は閣龍の説を眞面目に聞いてくれる人
はありません。學者はそんな事はけっしてないと云
ふし、又海が恐ろしくって、船を水底に沈め込む抔云ふ
ものもあるし、甚しいのは、丸で閣龍は氣狂だ抔いひ
ます又此の時の大名や、王様抔は、戰争をして、人の國
を取る事のみに熱心で、こんな夢を見た様な説を聞
かう抔とは少しも致しません。されど閣龍は、我が考

の正しい事を初めから疑はずに、熱心に人に説き付

けて居ました。不幸は閣龍に集りまして、妻は死にま

すし、其の中錢はなくなる、無慈悲の高

利貸は、大切の地圖を差押へるといふ始末、そこで閣

龍は七八歳の小供の手を引いて、一文なしの有様で、

リスボンを逃げて西班牙に行きました。誠に無慘な

事でありました。

此の可愛想なる親子二人は、食ふ物も食はぬと云ふ

風で、腹が餓くて堪りませんから、アンダルシアのバ

ロス近くの寺院に入りまして、助を願ひました。其の

處の僧樣は、誠に感心な人で閣龍の云ふ所に、大層敬

服しまして、自分が子供を預り、閣龍を西班牙の朝廷
へ紹介してやりました。此の時の西班牙王はヘルヂ
ナンド、女王はイサベラと申しまして、歐羅巴でも大
層盛な國豪い王樣と云はれて居ります。
閣龍が、西班牙王及び女王に御目通を願ひまして、胸
中の大計畫を述べましたが、折惡敷、此の時西班牙に
ては、ムーァ人を征伐すると云ふ時ですから、王は餘
り閣龍の說を聞きません。其の後又閣龍は說を述べ
ましたが、王樣は唯其の熱心なのに驚いて、家來共に
命じて評議を凝らしめましたに、皆新しい地理說を
知りませんから、そんな馬鹿氣た事はない抔と云つ

て、閣龍の説に反對しましたが、女王は初めより閣龍の説に耳を貸し、其の説に敬服し、又其の熱心には感じ入りました。さうして、宮中に止め置かれました。其の中、國内も穩になったと云ふ事で、又閣龍の説を相談されましたが、前の様に評議に掛けるとどうもいけませんぎあ、かうして居る間、大層な難儀や、失望がありまして、閣龍は又前の僧様の處に逃げて行きますと、親切な僧様は、女王に手紙を呉れて、其のために會議が開かれて、兎に角、實地閣龍の云ふ事を試めさせて見ようと云ふ事になりました。されど、又困難の事が起りまして、破談となり、閣龍は

英吉利・佛蘭西の宮廷に赴かうとしましたが、女王イ
サベラは使をやって、閣龍を呼び寄せ、我が後土御門
天皇の明應元年四月十七日に、彌々雙方の間に相談
が纒りまして、發見に出懸ける事になりました。

閣龍の今迄云った事が噓か、實か試めすべき時が來
て、明應元年八月三日、彌々探險に出帆する事になり
ました。此の時出帆したのは、僅に三艘の小さい船で、
其の一番大きい、閣龍の乘った船でさへ、たった百頓に
足らずだと申します。今から考へると、誠に大膽と申
さなければなりません。又乘組員は皆で百二十人だ
と申します。

見發加利米亞のスブンロコ

37

38

國人は、此の艦隊を無謀なる者と見て、悲しき別を告げ、乘組員は氣狂者の夢を辿る様な、又女王の物好の爲めに命が取らる〻ものの様に思ったが、唯、其の中の一人は、喜び勇んで居た。其の一人とはだれであらうか、云ふまでもなく、閣龍其の人である。

時節と云ひ、天氣と云ひ、誠に都合よくて、船は段々進みましたけれども、いくら日數が立っても、一向陸地などは見えません例の乘組員の事ですから、そろそろ心悲しくなって不平を云ひ始めました最初の中は、閣龍は欺したり、賺したりして、何とか取鎭めましたが、後には閣龍を海の中に投げて、國に歸らう抔と

大變な騒になりましたざうして居る中に、遠く遙の

空に陸地が見えたと喜び騒ぐ者がありましたが忽

ちに雲か霞と消えてしまひ彌々心配でたまりませ

んしかし閣龍はかゝる騒の中にも少しも亂れず落

付き拂って恰大人の小供をあしらう様に、先づ餘り

あせらない様にと云ひ聞かせた。

混雜の中に、船が段々進み、今は近頃土から取れたと

思はるゝ蘆がまだ根に土が付いたまゝ流れてきた

り又果實のある木なども流れて來、斧の痕とも思は

るゝ形のある板又又物の跡形の付いた棒抔も流れ

て來たから、皆々陸地には間もない事と喜んだ。頃は

十月十一日、その日も暮れて、閣龍は獨り色々の考が胸に浮び出で、甲板に立ちて思ひ沈んで居る最中、ふと遙かづっと沖の方にぼーっとした光を認めました。これは星でないかと見つめますと、矢張火の光ですから、人を呼んで見せますと、皆々火であると申します。此の時の閣龍の喜はどうでせう。

明くれば、十月十二日の朝、本艦から、一發の鐵砲の音がどんと響きました。これは陸地があるとの知せで御座ります。閣龍は此の土地の提督又副王の名義で、紫の大禮服を著け片手には西班牙の國旗片手には劍をぬきかざし、船員一同を引きつれて上陸し、神様

の御蔭で、目出度此の土地を發見したと喜び祝ひ、そ
れでサンサルバドルと名をつけました。閣龍は此の
地は日本の極端の處と思ひましたが實際は思ひ誤
りで、今のバハマ島で、閣龍の望んだ、金や寶玉や香料
や抔は一向見當りません。土人はと云ふに、銅の様な
色で、髪はふさくくと被つて居り耳鐶や鼻鐶やの飾
に金を使つて居ますから、それを種々の物と交換し、
其の金は南から來たと云ふから、また此の島を巡つ
て行きますと、今度はキーバ・ハイチの島々を見つけ
ました。此れ等を凡て西印度と云ふは、閣龍が始め印
度の西の方についたと思つたからさう云つたもの

42

で亞米利加人を印度人と云ふのも、その譯であります。

明應二年には、二度目の探險を始め、同七年には三度目の探險をし、遂に亞米利加の大陸を搜し當てました。其の後又四度目の探險を致しましたが、殖民地が騷々しいので、閣龍の不德のためとて、本國に召還されましたさうして此の有名な人は、別に立派に待遇さる、と云ふ事もなくて、七十歳で不平の中に死にました。えらい人は其の生れて居る間は不仕合だといひますが、閣龍も其の一人でありませうされど其の手柄は、世界のあらん限り忘れらる、氣遣ひはあり

ません。

華聖頓 GEORGE WASHINGTON.

昔の英雄豪傑を見ますと、其のやった事柄が、並の人の出來ぬ事が多くて、どうも感服の外はありませんがしかし人の國を取ったり、君に叛いたり、人を欺したりしたと云ふ事がありまして、本當に立派の人と云ふ事が出來ませんのが、日本でも、支那でも西洋でも澤山あります。

唯、亞米利加の華聖頓と云ふ人ばかりは、さうでありません。其の心の立派で、決して人を欺したり、己の心

ウォシントン

を曲げても悪事をやったなど云ふ事がありません。

まあかう云ふ人は、類が稀であると云ってもよから

う。華聖頓は、我が國の享保十七年、即ち徳川八代將軍

吉宗の時代に、亞米利加のウィルジニアに生れまし

た。

兄弟が皆で七人ありましたが、華聖頓は其の三番目

で、その十一歳の時に、父親が死にました。

華聖頓の幼少の事は一向分って居りませんが、唯僅

ばかりの教育を受けただけで、まづ學問には至って

淺くありますが、數學は餘程好きと見えて、勉強して、

上手であったといふ事でありますその外運動は跳

たり、飛んだり、角力取ったりする事が好きだといふ
事です。

兄の知合の海軍將官の周旋で、華聖頓は英國海軍の
軍人にならうとした。華聖頓は、大變に冒險の事が好
きだから、無論喜んで、軍人にならうとしたが、母様が
許しませんから、學校に止まってゐました。若し此の
時軍人になったならば、後來向いて來た運命からか
け離れてどんな風になったやら。

十六歳の時、學校を廢して、親戚のヘェーアハックス
伯の所有地を測量する事になりました。其の場所は、
深き山や谷の間に跨ってありますから、華聖頓の難

47

儀したのは一通りでありません。

華聖頓の十九歳の時、佛人と印度人とが、英國殖民地を攻めて來る様子がありましたから、これに備へる爲め、軍隊を組織する事になりまして、華聖頓も一方の副官となり、間もなく少佐に昇りました。其の後佛人と直に戰爭が始まりまして、華聖頓は少なからぬ手柄を顯し、此の時から、もう立派な軍人で、人を支配するにたくみだといふ事は、誰れしも承知してゐました。

英國の大將のブラッドックといふ人が、佛人と戰つて大負した時などは、中々の激戰で、味方の大將八十

六人の中、六人は殺され、三十七人は傷き、ブラッドックも、容易ならん創をうけ、とうとう死にました位。然るに傳令使の華聖頓は、彈丸雨の如く降り來る中を物ともせず、大將の命令を傳へんとて、敵味方の中を、縱横無盡に、馬で駈け廻りました。玉が四つも上衣に當り、馬も二頭迄斃されながら、先づ無難で華聖頓の生き殘ったのは、人も我れも不思議に思った位で、後で僧様抔は、「我が國の救世主として、若者の華聖頓を」と、説法した位であります。

少し前の事であるが、兄の病死したために、自然に其の［モントベルノン］といふ地所は、華聖頓の持となり、

又カステス嬢と結婚して、十萬弗の地所を所有する事となりました。

華聖頓の二十六歳の時に、戰も一と先づ終つたから、モントベルノンに引つ込み農夫となり奴隷を抱へて耕作をやり、土地の紳士と交際して、樂しき田舎の生活を送り、獵は頗る好きで、時としては、一週間に三四度も行つた位でありますしかし土地の公共の事には、始終手を出させられ、或は、相談に乗つたり、仲裁に這いつたり、寸閑なき有様でありました。此の頃又ウィルジニア州の議員に選ばれましたが、別に雄辯を揮ふでもなければ又我が説を主張し、人と議論を

鬪はさうともせぬどうかと云へば、口數の少ない方で、云へば、自分の思ふ要點を述べて、他のつまらぬ事に及ばぬといふ風だけれども、毎回必ず出席し、凡ての議事を謹聽するのを德義と心得た。

一寸その頃の英國の模樣を述べなくてはならんが、英國は、色々の機械が發明され商業が盛になりましたが方々と餘り戰爭をした結果で、金が足りませんから亞米利加に印紙條例と云ふものを布いて、凡ての出版物に、印紙を貼らせる事に致させましたかね、より、母國の所置に不平でありましたから、殖民地ではニューヨークに會議を開き、「此の殖民地より、代

議士を出さぬ所の英國々會で、印紙條例を發布した
とて、我れ我れは從ふ權利がない」と、議決した印紙條
例が廢されましたが、更に茶・紙・硝子等に輸入稅を課
し、又軍隊を送って無理に押へ付けようとしたそこ
で、米人の不平は並々でありませんで、一州から、七人
づつの委員を出し、各州の委員が、フィラデルフィア
府に寄りました。ウィルジニアからは、華聖頓、七人の
中の一人として選出されました。これが有名の大陸
會議と云ふものであります。
二度目の大陸會議で、彌々英國と戰ふ事に決し、華聖
頓を總督に任じました。此の時華聖頓は年四十三の

時に當ります。此の後八年間の華聖頓の生活は、殆ど亞米利加の歷史といってもよい位である其の翌年即ち、我が安永五年亞米利加は、彌々獨立すると云ふ事に極め、各國へも其の趣を知らせました。佛蘭西の貴族ラファイエット抔は、愉快な事だとて、態々兵卒を催して、助けに來又佛蘭西の政府も、援兵を送って來ました。

我が安永四年四月に開かれたレクシントンの戰は、米國獨立の第一戰で、それより九年目即ち天明三年九月、英國が獨立を認める事になりました其の間の委しい事は、とても述べ盡されませんから申

我が二四四三年

しませんが、華聖頓の難儀苦心した事は一通りであ
りません。敵は世界でも名の聞えた、最も強い英國の
事ですから、兵隊もあるし、武器も立派だし、味方は、兵
隊はなし、金はなし、武器はなし、負ける事は分つて居
た位で、此の大責任を引き受けた華聖頓の心の中は
思ひやられます。度々負けたに相違ありませんけれ
ども、とうとう獨立したといふのは、華聖頓の手柄と
云はなければなりません。とても他の人が總督とな
つたならば駄目であつたでせう。
先づ目出度戰も終つたから、華聖頓は總督の役を止
め、モントベルノンに歸りました。戰は濟んだものの、

54

영인자료　121

これから亞米利加をどう云ふ風にして治めるとか、又軍で金がなくなった、これをどう云ふ風に始末をつけるとかと云ふ仕事は、まだ澤山ありますそれで、これらの事を評議するため、各州の委員は、又フィラデルフィアに寄りました。故郷に余念なく、耕作に従事し、一生こんな氣樂な風で、過ごさうとした華聖頓は、又々引き出されましたその時の人々の議決で憲法を定め、國會と大統領とを置きさうして政を治めようとした。それから、大統領を置く事となると、皆、誰れ彼れの差別なく華聖頓を選擧した。華聖頓は迷惑であったけれども、これを引き受けた。其の時の

詞に「私は決して、かよーな職には釣合はんとは信ず

るけれども、皆様の御推薦でやれと云ふから、御引き

受けをするのだ」と、何んと面白いではないか。自分を

投票せよなんどと、自ら吹聽する日本の議員とは、丸

で天地の差がある。

此の時に、政黨が二つに分れてあったが、華聖頓が甘

くあやつったために、凡ての政治が甘く行き、又その

御蔭で政府も圓滑に纏りがつきました。四年の年期

もたったれども、まだ政府の土臺が固りませんから、

他の人ではゆかんといふ事から否やだと云ふのを

無理に華聖頓を大統領に再選しましたその後若華

聖頓が承知したならば、三度大統領になったかもし
らんが、今度は彌々故山に歸り、望みの樣に農夫の生
活を送りました。

それより二年半を經ての或る日、例の如く十二月の
寒き日、馬にて、自分の畑地を見廻りました。此の日は、
雪や霰が降って、大層寒い日で御座りましたが、不圖
風の心地がすると云って、別に大した事がないと思
った所が、氣管を痛めたと見え、それから三日目即ち
寛政十一年 我が二四 五九年 十二月十四日、あの世の人となり
ましたそれから三年目は、我が國の本居宣長といふ
學者の死んだ年であります。年は六十七歳これを聞

57

くと亞米利加人は無論だが、歐羅巴人でも惜まぬ人
はなかった。

まあかう述べて見ると、華聖頓は、世の中の人の囃す
よーな英雄とか、名將とかでない。奈破翁や、豊太閤の
様な事柄は求められませんが、しかし華聖頓は西洋
でいふ偉人で、其の心の立派又潔白なる、とても奈破
翁や、豊太閤に較べられません、奈破翁は共和政體を
倒して天子となったし、豊太閤は、織田氏に代りて關
白となりました。華聖頓にも萬が一、此の兩人の様な
心が微塵にもあったならば、亞米利加の王となれた
事は極易い事でありました。その證據には、大陸集會

の遣方が面白くないと云ふ事から、どうしても華聖
頓の様な人を王として、凡ての政を委せようといふ
軍人が多くありまして、華聖頓に其の意見を洩しま
すと、華聖頓は以ての外に怒り、「戰に起ったどんな事
柄よりも驚いた事で、そんな考は早く棄ててしま〔へ〕
と、云った。それであるから、立派な合衆國が出來たの
で、その心はこれで分りませう。

華聖頓は英雄でなければ、名將でもなく、又學者でも
ない、學問としては、唯僅の教育を受けた計りで、數學が
一寸出來る位しかし仕事の綿密な事は驚く位で、日
記も書き、毎日買ったり、注文したりした物は、一々手

59

116　오위인소역사

帳にとめて保存してあります。又モントベルノンに就いて起った事柄は、總督となって居った時でも、始終其の監督の上に報告の書類をやりとりし、大統領となった時でも、毎週必ず一回は管理者から、委細の出來事を報告させ、自分で屹度目を通し、自分も少なくも一回は、返書を認め忙しい中に、親から書いて送って居ったとの事である。これなぞは我れ我れも眞似たいものである。

華聖頓は、家に廣き田地もあり、畑もあり、愉快に暮せるから、別に何も求める處がありませんがしかし土地の人から無理やりに委員になれとか大將になれ

とか勸められ、さうして、やる事は皆甘く行き、遂には
大統領までにもなったといふ事は、一事も忽にせず、
私の慾もなく、心が立派で、確に人の上に立つ器量の
あったからだ。其の心の清い潔白な事は、確に亞米利
加人を代表したものだらう。華聖頓の名は都につけ
られ、紀念として、末代迄殘って居る。
序に一寸華聖頓の體格を云って見よう。身の丈六呎
程で、其の割に少しくすらりとして居り、體重は二百
二十封あるとの事である。ラフハエットのいふには、
「我が見た所で、華聖頓の手は一番長い」と。
又華聖頓には、一人の子供もなかった。しかし亞米利

61

加人は誰れもかう言って居る。「華聖頓は、我れ我れ亞
米利加人の父様だ」と、よく味ひて見ると、面白い言草
ではないか。

涅爾遜
HORATIO NELSON.

十九世紀の豪い人物はといふと、英國人は必ず涅爾
遜を數へるさうしていふには「涅爾遜は英國軍人の
手本たるべき人だ」と、私が思ふには「涅爾遜は、英國軍
人のみの手本となるべき人ではなく、又我が日本軍
人の手本として立派なる人、そればかりではなく、又
世界各國人の見做ふべき人だと思ふそれであるか

62

ネルソン

63

ら、今涅爾遜の話をして見ようと思ふ序に云ひます
が、西洋人の世紀と唱へるは、百年を以て一世紀とす
るので、十九世紀とは、西洋紀元一千八百年以後百年
間の事である。

徳川將軍の中興と唱へられた、八代吉宗公の死なれ
てから八年目即ち桃園天皇の寶曆八年に、英吉利ノ
ルフホルクに生れたのは、涅爾遜である涅爾遜の幼
少の折より大膽で、物に臆せぬ氣象は從來の勇將た
る膽玉を備へて居る。

涅爾遜のたった五歳の時だといふ事だが、祖母樣の
家に遊びに行きましたが、一寸の間に、見えなくなり

まして、御晝(ひる)の頃まで、待ったけれども、遂還(とうくわへ)って來ま

せんぺ祖母様は、大層驚きまして、ひよっとしたら、惡漢(わるもの)

にかどはかされたかも知らんと思ひまして、人を諸

處方々にやりまして、心當りの處を殘(のこ)りなく捜(さが)させ

ましたけれども、一向影も形も見えませんぺやっとの

事で、涅爾遜が大層深くって、又がっくくと流れ込む

河端(かははた)先づ並みの子供ならば、身ぶるひをする様な處

に一向平氣な顔して居たのを捜し當てました。祖母

様は「まあ御前恐ろしくって、家(うち)に還(かへ)らうとしなかっ

たのかい」といひますと、涅爾遜は「恐いと祖母様、私恐

いなんて知らないぺそら何の事」と、答へましたこれが

涅爾遜の五歳の時の事であります。
恰九歳の時に、涅爾遜の母様が死にまして、叔父さん
のサックリングといふ人が、葬式に來ました事があ
りました。此のサックリングといふ人は海軍の一艦
長を務めて居る人であります。此の叔父さんから、海
軍や又海上の色々面白い咄を聞いてから、自分も水
夫とならうといふ氣を起しました。父親も涅爾遜の
思ふ所をやらせようといふので、兎に角サックリン
グに賴んで、海軍に入れる事に決めました。これが、涅
爾遜の十二歳の時でありました。

十五六歳の頃でもありましたらうか、北極探險のた

めに、英國より二艘の船を向けるといふ噂を聞きま
したが、涅爾遜の好奇心と冒險心とは、同行したいと
て、色々其の掛りの人に賴みましたけれども、何分年
が若いからとて斷られましたそうですけれども涅
爾遜の行きたさは、中々堪りませんから、叔父様のサ
ックリングに賴んで、やうく一行に加はることに
なりました。此の探險隊は遙々北緯八十度以上、東經
十八度以上の處に進みました故、空は寒く、海は一杯
氷にて閉ぢ込められ、船の進みも、全く出來ないよ一
な有様で、一行、殊に乘組員の苦辛といふ者は、到底一
通りでありません。此の中にあって涅爾遜が、大人も

67

及ばぬ位に働いたことは、皆々感心したとの事である。或る夜見張りの番人をして居ますと、遥かあちらに、白い熊を見つけました。涅爾遜は、此は面白いとて、一人の仲間をつれ出しまして、こっそりと、熊を追蒐に出かけました。船では、涅爾遜と一人の乗組員が見えなくなったもんですから、大騒ぎで、あちこちと捜しましたけれども、何分一寸先も見通せぬ霧が深く立ちこめましたから、とんと、その行衞が分りません。翌朝の三時か四時の頃になりますと、霧が晴れまして、づっと遠方に、見えなくなった二人が、大きい熊を相手に、一生懸命戰って居るのが、よく見えました。船

からは合圖をして、すぐ歸る樣に云ひましたけれど
も、承知しませんで、鐵砲を擊ちかけ、果は鐵砲の臺尻
で、熊を擲らうとして居る。唯、その中に、氷の破れ目が
あるので、先づは少しく安心と思はるゝも、見て居て
も、險呑の事で、中々ぞっとする位の有樣であります。
船長はこの樣を見かねまして、船からずどんと一發、
鐵砲を放ちますと、此の音に流石の熊も大層驚きま
して逃げ去りました。涅爾遜は無難で船へ歸りまし
たが、船長は、ひどく、涅爾遜の斷りなく、不都合の處に
行った計りでなく、危險千萬な事を犯したのを責め
まして、「どうして、左樣な不都合をする量見がでたも

69

のだ」と、詰問しますと、涅爾遜は、一向平氣なもんで、「な
あに、私は唯、あの熊を殺しまして、父様に熊の皮を上
げようと思ひましてさ」と、氣樂な答を致しました。
前に擧げました二つの事實で涅爾遜の心が分りま
す。涅爾遜の父も、自分の子を批評して、「あの子は、木登
をするなら、一番上まで攀ぢ上らなければ氣が濟ま
ぬ奴だ」と、いふた樣に、實に涅爾遜の一生、又功名をな
した事を見ますと、その通りであります。しかし涅爾
遜は、決して體格の大丈夫な人でなく、どうかといへ
ば、虛弱の方で、幼き時には瘧に苦しめられ、又船に乘
組みましても、時々病氣に罹り、死なうとした事が、幾

度あったか分りませんぽまあ生き還ったのは、不思議
な位で、英國人抔は、我が國家を守らせんために、此の
人を生して置いた抔といって居る位でありますぞそ
れですから、或る時などは、餘り自分の病身なのをな
げきまして、色々と考へこみ、到底も、海軍には不向だ
から軍人は思ひ切らうとて、絶望の餘り、海に身投を
しようかと迄も考へたｐすると、なんだか、俄に、海に暗い處
に火が見えた樣に、胸の中に忠義の心が浮び込み、「我
が國のため、我が君のため、此の一身を捧げんよしよ
し決して落膽すべきにあらず。大丈夫大いに爲すあ
るべしこれよりは、運を天に任せて、いかなる困難辛

苦があらうとも畏れず、撓まず、進むべし」と、決心した。

それから、涅爾遜の心は、さっぱりとなり、生れ變った

様に愉快に満ちてあったとの事である。隨分世には、

體格の丈夫な人もある。唯、丈夫な計りに軍人になっ

たとても、少しも役に立ちません。一番大切なのは、精

神の丈夫な事である精神の丈夫なとは、眞心があり

て、忠と勇とに富んでをる事だ。世の海軍なり陸軍な

りに志さうとする人は、涅爾遜の事を考へて貰ひた

いものである。

涅爾遜の履歴を詳しく述べれば、長いから、中々むづ

かしい事である。北極に行ってから、印度や、カナダや、

亞米利加にも行き、海軍の上には、色々の手柄を立て、又色々の經驗を得て、佐官以上の人となり、段々に、世の中より、囃さるゝ人となりましたが涅爾遜の本當に涅爾遜たる本性を示し、世界に其の名を轟かしたのは、佛蘭西の戰爭からであります。

さて、一寸佛蘭西の有樣を御咄しなければなりませんが、亞米利加が獨立してから、間もなく卽ち日本の寬政元年、將軍家齊公の時代に、佛蘭西に大騷がおこりまして、國民が朝廷や、貴族抔に對して反對を致しました。到底日本人の夢にも想像出來ん事ですが、と

うとう佛蘭西王は恐れ多くも國民より首を刎ねら

73

れ、さうして以後は、王様を置かず、共和政治を布かう

抔と、誠に大した事柄になりました。これは、歴史で佛

國革命と呼びまして、中々名高い咄であります。英國

では、そんな事が自分の國に傳染しますと、大層困り

ますから、默って見て居る譯には行きません遂に寛

政五年に英・佛との戰爭が始り、西班牙・和蘭が佛蘭西

を援ける事になりました。

涅爾遜の大手柄を顯すは此の佛蘭西戰爭後の事で、

いづれも勇氣と大膽とを以て戰ひ、或る時は片目が

丸に中りて見えなくなり、或る時は片腕を敵に切り

取られました。セントビンセント岬の戰や、ニール河

苦戰のシソル子

75

76

の戰や、又コペンハーゲンの戰抔は、最も有名な者で
ありますが、此れ等を詳しく述べる事は出來ません
から、涅爾遜の最後の戰であるトラファルガルの戰
爭のみを御咄する事にしませう。

此の頃、佛蘭西は、歐羅巴各國より、敵對せられました
が、佛蘭西には、皆樣御承知の奈破翁といふ大將が出
まして、よく歐羅巴の國々を敗り、果は段々勢力が出
來ましたから、佛蘭西の共和政府を倒し、遂には佛蘭
西皇帝に上り、盛に歐洲各國を切り從へどんな國で
も、其の命令を聞かぬものはないといふ有樣であり
ます。歐羅巴諸國いづれも其の征服を受けましたけ

れども、唯一箇國其の命令に從はぬものがありまし
た。これが今の我が同盟國たる英國であります。
此の時奈破翁の勢は、非常な物で、百戰百勝の有樣で
すから、何とかして、英國をも征服したいものだと考
へ、多くの兵士を募り、英吉利海峽を超へて英國を攻
め、廿四時間中には、英吉利の都倫敦を陷れようとし
て、先づ大西洋の西の方に航海して、英吉利の艦隊を
誘ひだし、夜になったら、密と敵に知らせない様、道を
替へてブーローンに戻り、さうして英國を攻めよう
としたしかし此の時涅爾遜は、提督として凱旋艦に
乘り込み、敵艦を皆擊ち沈めようとして、日夜敵の樣

子を探偵して居る最中、敵艦が見えましたから、之を
追ひかけました。すると敵艦は謀通りに戻ることが
出來ませんで、南の方亞非利加の海岸の方に追ひま
はされ、あのジブラルタルの北西にあるトラファル
ガルと申す處で、大戰爭が開けることになりました。
涅爾遜は此の回の戰に、屹度敵艦を皆討ちにしなく
ては、自分の命はなきものと、諦めたものらしい、涅爾
遜は凱旋艦より各艦に、記號の命令を下して、「英國は、
各人其の義務を盡されんことを望む」と、云ったぷする
と、各艦とも拍手喝采を以て答へ、「暫くは鳴りも止ま
ぬ有様であった。涅爾遜、此の日は、胸に種々の勳章を

所挾きまでに飾ったフロックコートを著きまして、號
令をかけて居ましたから、部下の人々は、「そんな御服
裝では、敵の的にしてやるよーなものですから、もっ
と目立たぬ服と御替へなさい」と、忠告しますと、涅爾
遜は頭を左右にふり、「いやく、私は名譽でこれを貰
ったものだから、名譽でこれを著て死なうと思うの
だ」とて、聞きません。

此の時、佛國の艦隊は、西班牙の艦隊と連合して、都合
四十艘英國では三十二艘である佛艦は、半月形に並
んである所を、涅爾遜は味方を二つに分け、敵の中堅
を衝かんとの考で、自ら其の一隊を差圖してすぐに

將艦の船を目がけて進んだ。敵の砲撃が手酷しくて、
味方に死傷が澤山あるに拘らず涅爾遜は、談笑自若
として、號令して居たが、恰も午後一時過ぎに敵艦よ
り擊ち出した砲丸が不幸にも涅爾遜の左肩に中り、
その儘倒れました。醫者が驚いて、水兵と力を合はせ、
涅爾遜を起しますと、「アゝとうくやられた」と、いっ
た。直に提督は下の部屋に移されまして、軍醫が附き
添って居ましたが涅爾遜は「私に附くには及ばん事
だ。それより兵士共の傷でもなほせ」と、いった。
醫者の診斷では到底涅爾遜の傷は直らぬといった
けれども、(本人には話さぬが)本人は至極落著いて、そ

81

れぞれ命令を下した。その中、艦長が來ましたから、涅

爾遜は待ちかねて、「戰がどんな風に今日行った」と、聞

くと、艦長は「大變甘い。敵の十艘を沈めた」と、涅爾遜が

これを聞くと、大層喜びましていふのには、「私はもう

これ切りだ。今死にかゝってゐるから、此の髮を妻に

届けて吳れ」艦長「なあに、提督よ、軍醫が大丈夫だとい

った」提督「いやく肩が擊ち拔かれてあるから、駄目

だ」艦長は、涙ぐみながら、心が碎ける樣な思ひをして、

再び甲板にあらはれました。

波は湧き、天は裂け、鐵砲の音叫ぶ聲世界も割るゝか

と思ふ計りの激戰で、時々喝采の聲が、英艦の兵士よ

り洩れ聞えた。此の聲を聞くと、半死に
かゝって居た提督は、顏を笑ませたとの事
である。その後、艦長は大急ぎで、又涅爾遜
の處に飛んで來て、「味方は大勝だよ、くは
分らぬが、敵の十五艦位は確に轟沈しまし
た」と、涅爾遜は、これを聞きますと、「もう、滿
足した。神に有りがたく御禮する。余が義務
もこれにて終った」とて、千古の英雄も、午后
四時三十分に永き眠りを取りましたこれ
我が文化二年十月二十五日に當って居りま
す。

此の戰に、若も反對の結果が起ったならば、
英國は佛蘭西の領地となったであらう。幸
に英國には涅爾遜

ありて、佛の海軍をトラファルガルに破り宅林登あ

りて、陸軍をワルテルローに破つたため、流石の奈破

翁も、歐州丸吞の事業全く失敗し、遂に帝位を剝がれ、

遠き亞非利加のセントヘレナに流された始末であ

る涅爾遜は、英國軍人の手本とすべき人物で、英國人

の崇ぶのも無理でない。かよーな軍人があればこそ

海軍が强き譯で、世界中の强國と仰がるゝのも無理

でない。此の涅爾遜は、我が日本の軍人の手本にとっ

ても、立派な人物であるから、こゝに擧げたのである。

涅爾遜の死はどんな英國人も、又歐羅巴人も、誠に惜

しい事をしたとて悲しんだ。朝廷にても、決して粗末

には取扱ひませんその兄弟は、伯爵に取り立てられ
て、年給六千「ポンド」を賜り、姉妹は年給一万「ポンド」と
十万「ポンド」の資産とを賜り、紀念像や、紀念碑は所々
に建てられ、國葬として、皇族を始め、名譽ある人々よ
り送られた儀式が行はれ、その鉛で出來た棺は、遺物
として配布され、又葬式に用ひた旗は、兵士に分けら
れ、いづれも名譽ある紀念として、保存されたとの事
である。

彼得大帝　PETER THE GREAT.

魯西亞といへば、世界強國の一つで、獨逸・英吉利・佛蘭

西・墺地利などと、肩を並べて、五強國と唱へらるゝし、

わけて、我が國とは、間近い國であるから、誰れにでも、

能く知られてあるぷ。さて、この魯國が他の英・佛などと

同じ様にずっと昔から開けて、豪い國であるかといふと、決してさうでない。恐くは此の國ぐらゐ、後で開けたものはなからう。西洋人の云ひますには「第十八世紀の始頃迄は、魯西亞人は、歴史の舞臺に顯はれてない」と。實際さうだ。第十八世紀といへば、恰我が徳川の五代將軍綱吉の時代で、その頃から、段々盛になったものでこれは非凡の豪い天子が出でてさうなされたからである近頃我が國で頻と魯西亞・魯西亞と

彼 得 大 帝 七九

彼得大帝

PETER THE GREAT

大帝船匠たりし時の研究室

87

いふから、その豪い天子の事蹟をば御咄いたしまして、傍ら、なぜそんなに野蠻な國が、急に豪い國になつたといふ次第を述べて見ませう。我が國が段々と勢力が盛になり、魯西亞とも、手を携へて、交際せねばならぬ今日ですから、その歴史の一通を御承知になつておく事も、決して無益なことでなからうと思ひます。

魯西亞に元から居つた人種はスラブと申しますが、平安朝時代に、今の丁抹からノルマンと申す人種が、歐洲諸國を荒して歩きまして、今の英吉利・佛蘭西抔も、其の害を受けて其の國の王となつた所なども

あります。魯西亞もその一で、即ちルーリクと云ふ人がはじめて、魯西亞といふ土臺を造りました。これが清和天皇の卽位四年、卽ち貞觀四年の事で御座ります。その後、支那に蒙古といふ國が起きまして、頻に方方を征伐致し魯もまた切り従へられまして、とても頭をもたげるなどの事は出來ませんでした。今でこそ魯といへばすてきに大きな國で御座りますが、この頃では誠に可愛さうな國で、バルト海も、黑海も、その境にはなって居りませんが、今日の様な國にしてくれたのは前に申し上げた豪い天子の御蔭で御座ります序ですが、天子といふ事を、魯では、ザーと云っ

89

あります。魯西亞もその一で、即ちルーリクと云ふ人
が、はじめて、魯西亞といふ土臺を造りました。これが
清和天皇の即位四年、即ち貞觀四年の事で御座りま
す。その後支那に蒙古といふ國が起きまして、頻に方
方を征伐致し、魯もまた切り從へられまして、とても
頭をもたげるなどの事は出來ませんでした。今でこ
そ魯といへばすてきに大きな國で御座りますが、こ
の頃では誠に可愛さうな國で、バルト海も、黑海も、そ
の境にはなつて居りませんが、今日の様な國にして
くれたのは、前に申し上げた豪い天子の御蔭で御座
りますついでですが、天子といふ事を、魯では、ザーと云つ

90

て居ります。

さて、豪い天子即ちザーは、誰れの事だといふと、四代將軍家綱の時即ち寛文十二年に生れた彼得（べてろ）の事である。彼得の祖父様の時に前にいった、ルーリクの系（けい）統が絶えたので、大阪の軍で、豊臣氏が亡びた年の三年前に、ミカエルロマーノフといふ人が、魯のザーとなりました。これが、現今の、魯の天子の先祖で、彼得は即ち其の孫に當（あた）つて居ります。

ミカエルの後に其の子のアレキシス、その次には其の子のフェオドル、その後を承けたのは、弟の彼得でありまして、その時は、年がたつた、十歳だと申します。

91

この時、攝政になって居った、姉様のソフィアは、大層惡い人で、彼得を位から廢さうなどと騷ぎかけました から、仕方なく、彼得は、姉様を寺に押し込めました。

彼得は磊落にして、粗暴な青年でありますが、しかしどうも、中々盛な氣象で、何んでもやりとほすといふ人で御座りますけれど困った事には、あの姉様のソフィアが、彼得を馬鹿にしよう、馬鹿にしようと、思ふ考から惡者を側につけ、惡い行儀をしむけるやうに致させましたそれだから、彼得に、惡い性質の殘って居るのは皆その敎育のためだといはれて居ります。

しかし彼得は、並の人でありませんから、早くも自分

の惡い處に氣を附けぼんやりして居てはいけない、色々物事を知らなければならんとて、他の歐州諸國の事情を聞きまして、その仕方を眞似ようと企て、先づ在來の騎兵を止めて、歐州風の兵隊を組み立てました又此の時、瑞典人は、バルト海を持って居るし、土耳古人は黑海を持って居ますから、魯は少しも海を持て居りません。彼得は、これが魯の弱き譯だと考へ、國を盛にするには、是非とも、海軍を造らなければならんと申されました。當時魯には艦隊といふ語がなかったといひますから、それで事情はよく分ります。

そこで、彼得は艦隊を造り、ドン河を下り、我が元祿九

年に、土耳古人と戰って、アゾウを攻め取り、黑海の關

門とでもいふ所を、手に入れました。

魯では、外に出るのを大變嫌ひますが、彼得は何んで

も、魯人をどしく、外國にやるのが、智識を廣めたり、

量見の狹いのを直すに、一番可いと考へたものです

から、青年を目耳曼や、以太利や、和蘭に派遣し、自分も

各國を巡らうとて、和蘭の公使に隨行し唯の從者と

いふ格で、出立致しました。

彼得の一行は、まづリガ河を渡り、普魯亞を過ぎて、そ

こから、彼れ一人は、一行に別れて、和蘭に行き、アムス

テルダムにつき、出來るだけ種々の處に、見物に出懸

94

けると、珍しい物が澤山あるので、實に驚いたらしい。

其の有樣は、臺灣の山奧から出て來た處の土人が、東京を見物して喫驚したとでもいふ位であらうその中で、彼得の最も感心したのはザールダムの村にある、一造船所で、彼得は、すぐ其の造船所に入り、職工として働かうと決心した。天子樣と云はれる人が、公使の從者として外國に旅行するといふ事が不思議でならんが、又賤しい一職工と化けるなぞの事は、餘程面白いといはなければなりません。

とも角も、彼得は旅大工のベテルミカエロフといふ名前でザールダムの造船所に入りこみ、賤しい職工

の仲間となり、着物でも、食物でも、並の職工通で、當前のむさくるしい家に寢起して居りました。無論、始めは誰れもあれが魯の天子だなどとは、夢にも知りませんでしたし。しかし、自分の身分が顯れて來た時でも、彼得は、一向平氣で、少しも高ぶるとか、威張るなんぞの事は氣振にも出しませんでした。彼得は、こんな工合に朝から晩まで、一生懸命に働いて、先づ一通造船の事を心得ましたが、彼得は夜は緩くりするかと云ふに、又國に留守居をして居る大臣共に、用のある手紙をやるとか、又和蘭に居る魯公使と、物事を相談するとかと云ふ樣で、少しも閑はありません。

なほ、彼得は、和蘭語も學べば、築城學・土木學をも學び、解剖學をも修めて、外科も出來又種々の製造・工業の諸會社を見盡さんものはありません。これは何のためでせうか。

まあ、和蘭に居たのは彼れ是れ十箇月間で、それより、英吉利に渡りましたが、此處でも、和蘭でしたやうに、色々の注目を忘らんで、國會を見たり造幣局を見たり、大學を見たりして、益々見聞を廣めました又ポーツヌスで海軍の演習を見た時なぞは、酷く喜ばれたと見えて、彼得は「私は魯西亞の天子にならうよりも、英國の海軍大將にでもなりたいものだ」と、云った。

その他、又造船所に入ったり、船を漕ぐ事を教つたり、
數學・航海術などを研究して大層利益を得、我が元祿
十一年の暮に英國を立つて、和蘭に立ち寄り、維也納
に行きまして、獨逸帝と會見して居ります最中、國か
ら近衞兵が騒動を起したといふ報知が届きました
から、すぐ歸國致しました。さあ、これから、彼得は何を
やつたか、早く知りたいものである。

申さば、彼得の今迄は準備時代で、盛に色々のものを
貯へた時であるそれで、今後は、その準備したのを仕
事に應用し、貯へたのを、使ふと考へたそれは他の事
でないが、他の歐洲諸國に習つて、自分の國をも開け

させ様としたどういふ事をしたかと云ふと、先づ髯
に税をかけた。何だか嘘らしいが眞のことで、長き髯
を生やす者より、税を取ってやったといふ事である。
又魯服は、東洋流の、長くて萬事不便の著物だがこれ
もちゃんと身躰に適た短い著物を著ることにした。
最も面白いのは數多の裁縫師や、理髪師やを、都の門
の處に置いて、來る人々を、見當り次第、或は著物を切
ってやったり、髯を切ってやったりしたといふ事で
ある。又暦を換へて、其の年の九月一日を、正月一日と
したもんだから、人民共は驚いて、御日様の道筋を天
子様が御換へなさった抔と、ぶつくくいったその他、

外國より、それぞれ有名の技術者や、工學者やを澤山
呼び寄せて、色々の製造場や、會社を建て、航海術や、農
業や、牧畜や、文明國に必要なる事を皆人民に教へ、大
學校も、專門學校も、書籍舘も、博物舘も、植物園も、印刷
所も、皆設けられました事を委しく申上げる閑が御
座りませんから、云ひませんが、彼得は思切つたる決
心でどし〳〵改革をなし、貴族の不平や、人民のぐづ
ぐづいふ事などに頓著せずにやりました。まあ、我が
國の御維新の事情とよく似寄つて居りますと、に角、
野蠻な魯國が、彼得の御蔭に、立派な文明國となりま
した。

彼得の改革は、國内の事だが、これから、少し國外にや
った仕事を、咄して見ませう。彼得は、まづ黑海に艦隊
を置き、ドン河と、ボルガ河とを結び合はせようと考
へ、又是非共、バルト海に、一つ港を欲しいものだと考
へた。然し此のバルト海は、當時有名の強い國である、
瑞典の持物で、其の王様は、これ又豪いカロロ十二世
である。彼得は、丁抹・波蘭（ぽーらんど）の王様と連合して、瑞典と戰
を始めた。敵のカロロ王は、中々の名將だから、彼得は
度々破られた。此の頃彼得は兵を出しまして、芬蘭（ふいんらんど）を
取り、そのネバの河口に、新しく都を建てました。これ
が有名のペテルブルグで、舊都モスクバは内地にあ

101

って、外國と貿易するに不適當だからどうか、バルト海に、都を置かうとしたのが、その望みなので、今はじめて目的を達したのである。これが、元祿十六年で、恰（ちようど）赤穗の義士大石良雄等の切腹した年だ。此の時の戰爭は、歷史で、北歐戰爭とて、有名なものでありますが、カロロ王が、プルトワで、彼得より破られてから、勢が段々と震はないで、果ては討死してしまった。此の戰で、魯は瑞典より、バルト海の東岸の土地を得ました。彼得は又裏海に、碇舶場を取らうとて、波斯（べるしあ）を征伐致しました。それですから、魯西亞は、彼得の御蔭で、中々盛な者で、領分も大層廣い。然るに、彼得五十四歲の時

分に、熱病に取りつかれまして、遂に死にました。これ
は、ラドガ湖で、船の沈みかけたのを救はうとて、自分
で水に入ったのが源因となって、病氣になったとの
事である。此の年は我が國で新井白石の沒した享保
十年であります。

餘り簡單ですから、とても能く、彼得の事業、又魯國の
事情など、よく御解りになりますまいが、彼得以前には、
魯國は、野蠻極まる國で、港もなければ、領地も至って
狹い國でしたが、彼得の無理やりに交明の風俗にな
らせ、開化の眞似をさせたために、始めて、歐洲の仲間
に入ることも、出來、魯國の魯西亞らしい國となった

103

のである。彼得の貴き自分をも忘れ賤しき職工とな
り、あらゆる職業や、學問をやって見たと云ふ精神と、
その撓まず折れずやりのけた氣象は、誠に驚くべき
者である。魯の今日あるを致したのは、全く彼得の賜
であるといっても、誰れも惡いといふ人はなからう。
それで、世の人は、彼得を大帝と呼んで居ります。

序に云って置きますが此の彼得の後に立たれまし
たザーの中で、名のあるのは、カタリナ二世といふ女
王であって、普・墺・魯の三國が同盟して波蘭を分け取
りしたといふのも、此の女王の時である。現今の魯國
皇帝陛下は、ニコライと申上げ、豫て、明治二十四年、ま

だ皇太子殿下の折に、我が日本に御漫遊なされた方で、明治一年に御誕生、明治二十七年御即位遊された方と承って居ます。

少年智嚢　歴史篇　終

105

明治三十六年二月廿六日印刷

明治三十六年三月一日發行

少年智囊歷史奧付

定價金貳拾錢

不許 複製

檢印なき
此の欄に
は偽版也

著作者　佐藤小吉
東京市日本橋區本石町十軒店六番地

印刷者
發行兼　阪上半七
東京市日本橋區本石町十軒店六番地

發行所　育英舎
大阪市東區備後町四丁目

關西大賣捌　吉岡平助

（神田區神保町二番地印刷所弘文堂）

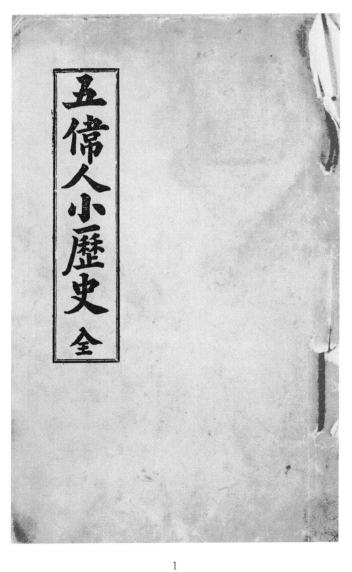

1

五偉人小歷史目錄

五偉人小歷史　目錄

五偉人小歷史

佐藤小吉 著

李能雨 譯

亞歷山大王

西洋諸國中에最早히開明흔國은希臘이오其次는羅馬라今에英 佛 獨等國의開明

이다其後에在호니卽希臘、羅馬의文明이此諸國에傳入호야風化를進홈이라大抵

希臘은西曆紀元前二千二百年距今四千一百年頃의國이라頗히盛大호더니紀元前

三百五六十年頃에其國勢가衰弱호야고希臘國北에「마게도니아」馬基頓라호는國

이有호야此國이現今에는土耳其의領地가되얏고其時에는頗히未開홈으로希臘人

이此를指호야野蠻國이라稱호얏고其國에「후이리포」漢文勝立의라稱호는王이有호야

希臘을項取호다가被殺호얏스되其實은有名흔王이오亞歷山은卽此「후이리포」의

子다亞歷山이生홈은紀元前三百五十六年이오亞歷山이幼時브터優勝흔事ㅣ多호

더라

五偉人小歷史　亞歷山大王

一

希臘에 오린쎄야라ᄒᆞᄂᆞᆫ 競技가 有ᄒᆞ야 四年間 一回式 競走ᄒᆞᆷ가 各地로브터 聚集ᄒᆞ야

其一等賞을 得ᄒᆞᄂᆞᆫ 者ᄂᆞᆫ 名譽가 高ᄒᆞᆫ지라 亞歷山이 元來 此競走에 嫺熟ᄒᆞ거늘 人이 問曰

君이 何故로 競走를 不爲ᄒᆞᄂᆞ뇨 ᄒᆞᆫ딕 亞歷山이 答曰 余ᄂᆞᆫ 各國帝王으로 더브러 競爭

을 爲ᄒᆞᆯ지라 엇지 此競爭을 事ᄒᆞ리오ᄒᆞ며 又 其父 「후이리포」가 他國을 勝捷ᄒᆞ니 聞

者ᄂᆞᆫ 다 喜悅ᄒᆞ거늘 獨히 亞歷山은 不平ᄒᆞ야 曰 余父가 他國을 盡取ᄒᆞ면 余ᄂᆞᆫ 何地를 取

ᄒᆞ리오ᄒᆞ며

又 其時에 「후이리포」王의게 駿馬를 賣ᄒᆞᄂᆞᆫ 者ㅣ 有ᄒᆞ거늘 王이 諸臣으로, 더브러 共

히 馳騁코자ᄒᆞ다가 其馬의 悍逸ᄒᆞᆷ을 畏ᄒᆞ야 本主의게 還ᄒᆞ딕 亞歷山이 曰 可惜ᄒᆞ다 乘

馬法을 不知ᄒᆞ고 名馬를 棄ᄒᆞᆫ다ᄒᆞᄂᆞᆫ지라 「후이리포」王이 其言을 聞ᄒᆞ고 亞歷山을 命

ᄒᆞ야 乘ᄒᆞ라ᄒᆞ고 又曰 汝가 此馬를 抑制치 못ᄒᆞ면 罰責이 有ᄒᆞ리라ᄒᆞᆫ딕 亞歷山이 對曰

此馬를 馴伏치 못ᄒᆞ면 馬價를 自當ᄒᆞ깃ᄂᆞ이다, ᄒᆞ니 在傍諸臣이, 다 亞歷山의 大言을

笑ᄒᆞ더라 然이나 亞歷山이 勇捷驚猛ᄒᆞ야, 곳馬를 引ᄒᆞ야 日光中으로 急히 向ᄒᆞ니, 이

에 人馬의 影이 閃閃忽忽ᄒᆞ야 階下에 電光이 落ᄒᆞᆷ과 如ᄒᆞᆫ지라 馬가 其影을 見ᄒᆞ고 大驚

4

奔躍ᄒᆞ거ᄂᆞᆯ亞歷山이、더욱鞭策을加ᄒᆞ다가旣而오其氣가鎭定ᄒᆞᆷ을見ᄒᆞ고、비로소

飛身乘跨ᄒᆞ야風과如히疾馳ᄒᆞ며ᄯᅩ緩步ᄒᆞ야自由로驅去ᄒᆞ니人人이、다嘖嘖稱歎

ᄒᆞ며「후이리포」ᄂᆞᆫ大喜ᄒᆞ야曰汝와如ᄒᆞ者의게ᄂᆞᆫ此「마게도니아」國은其實少ᄒᆞ도다

汝ᄂᆞᆫ廣大ᄒᆞᆫ國을占領ᄒᆞᆷ이可ᄒᆞ다ᄒᆞ더라

以上을親ᄒᆞ면其爲人을可知오其後에「후이리포」가衆多ᄒᆞᆫ師傅를擇ᄒᆞ야各種敎課

를授ᄒᆞ니其師傅中에「아리즈도—도루」라ᄒᆞᄂᆞᆫ人은希臘學者로有名ᄒᆞ야實로世界

中에哲學者라丁今에도其人의說을引用ᄒᆞ더라

「후이리포」王이希臘의太半을定ᄒᆞ야盟主가、되고且波斯를征代코자ᄒᆞ다가中途

에人의게被殺ᄒᆞ니此時에波斯ᄂᆞᆫ亞細亞의最大ᄒᆞᆫ强國이라希臘을幷呑코자ᄒᆞ야戰

爭을起ᄒᆞ事도有ᄒᆞ나然이나當時에希臘人民은其愛國心이至强ᄒᆞ故로一心으로防

禦ᄒᆞ야、드디여波斯의大軍을破ᄒᆞ더라

亞歷山이其父를代ᄒᆞ야王이됨은紀元前三百三十七年이니年이二十이라時에波斯

예도「따리아즈」ᄒᆞᆫ大流士가王이、되얏스니後日에龍虎와如히相戰ᄒᆞᆯ者ㅣ同時에兩

五偉人小歷史　亞歷山大王

漢文의大流士

國王이 되더라

亞歷山이 卽位後로 各處에 騷動과 謀叛等이 多ᄒᆞ거ᄂᆞᆯ 王이 希臘盟主가 되야 父王의 志
ᄅᆞᆯ 繼ᄒᆞ야 波斯ᄅᆞᆯ 征代ᄒᆞ니 此ᄂᆞᆫ 希臘人이 叛코자ᄒᆞᄂᆞᆫ 心을 變ᄒᆞ야 波斯征代에 向케ᄒᆞᆷ
이러라

王이 卽位ᄒᆞ지 第二年에 出師準備가 己畢ᄒᆞ지라, 드듸여 亞細亞ᄅᆞᆯ 征代ᄒᆞ니 步兵이
三萬이오 騎兵이 五千이라 時에 此軍行에 關ᄒᆞ야 政治家와 學者等이 爭赴祝賀ᄒᆞᄂᆞᆫ 者
ᅵ 多ᄒᆞ되 시노ᅵ푸에 「짜이오제네즈」라ᄒᆞᄂᆞᆫ 學者 一人은 不來ᄒᆞᄂᆞᆫ지라 亞歷山이 親
히 「짜이오제네즈」家에 往ᄒᆞ니 先生이 或所望의 事가 有ᄒᆞ냐ᄒᆞ되 日所望이 無ᄒᆞ고 오작
堂에 升ᄒᆞ거ᄂᆞᆯ 亞歷山이 問曰 先生이 太陽을 向ᄒᆞ야 取煖ᄒᆞ더니 王의 來ᄒᆞᆷ을 見ᄒᆞ고
退隱ᄒᆞ야 日光에 向曝ᄒᆞᆷ을 望ᄒᆞ노라, ᄒᆞ거ᄂᆞᆯ 家臣이, 다 大笑ᄒᆞᄂᆞᆫ지라 然이나 亞歷山
은 獨히 感歎ᄒᆞ야 曰 嗚呼라 我가 亞歷山이, 아닐진된 「짜이오제네즈」가, 되기ᄅᆞᆯ 願ᄒᆞ
리라 ᄒᆞ니 此ᄂᆞᆫ 其高簡을 欽賞ᄒᆞᆷ이러라 大抵 亞歷山의 此遠征은 卽歷史上에 有名ᄒᆞ 戰
爭이라 希臘과 마게도니아에 英雄豪傑이 雲集ᄒᆞ고 敵軍도 其力이 富ᄒᆞ고 其勢가 强ᄒᆞ

6

즉容易히勝負룰決ㅎ기不能ㅎ며其戰鬪가龍躍虎嘯와如ㅎ야風呼雲起의結果로五

相苦戰ㅎ얏스나, 맛참늬亞歷山은恒常得勝ㅎ눈지라亞歷山이마게도니아의軍을

率ㅎ고싸루다네루海峽을渡ㅎ야到處에敵을破ㅎ고小亞細亞의海岸을陷落ㅎ야坺

及을取ㅎ고새ー메라라ㅎ눈地에서波斯王을大破ㅎ고其都파ー세포리즈룰陷ㅎ

고倘且前進ㅎ야印度河룰渡ㅎ야土地가有ㅎ되로占ㅎ고國이有ㅎ되로攻ㅎ야盡取

코자ㅎ더니部下人이遠行을不喜ㅎ야, 이에印度河에서還軍ㅎ서自己눈陸軍을率

ㅎ고部下에ー네아루가즈ー눈海軍을牽ㅎ고海路로波斯灣에進行케ㅎ야즈ー사에

無事到着ㅎ고其後에人ㅎ야逗留ㅎ나然이나亞歷山은始終如一ㅎ

功名心이燃火와如ㅎ야印度룰征伐치아니ㅎ고空歸ㅎ心이少ㅎ며或時期가有ㅎ면

亞弗拉쑤과亞弗利加의沿岸土地룰征服코자ㅎ더라

如斯호英雄도病에눈敵치못ㅎ야飮酒無度ㅎ餘에熱病이生ㅎ야紀元前三百二十四

年七月에死ㅎ니年이僅히三十二오卽位호지十二年八箇月이러라

亞歷山이方死홀時에傍人이問曰領地룰誰人의게讓ㅎ고호되曰誰人이던지最適當

효者의게任흐라흐니其心은誰某를勿論흐고領地를治흐기能흐人만揮用흐라흐이

라

亞歷山이出兵흐後로브터바비론에還都흐間이十個月에不滿흐되其領地가廣大흐

니매게도니아와希臘外에南은小亞細亞、亞弗利加의埃及에至흐고東은印度河를

超흐얏고北은黑海와裏海에至흐얏스니古昔으로브터如斯히廣大흐王國이無흐지

라然이나其部下士卒이前進의遠勞를不思흐얏스면東方에도其侵略을不免흐리로

다

亞歷山이東西洋의學問과宗敎와風俗과習慣을混合흐고自己는大國王이、되고자

흐다가不幸이得病흐야其領國의基礎가未立흐時에遽然히死흐니、엇지可惜지아

니리오世人이亞歷山을、다만王이라稱치아니흐고大王이라呼흐더라

亞歷山이或怒氣를不忍흐야忠臣을多殺흐고惡事有흐나然이나크게感服흘事蹟이

多흐니熱夏戰爭時에士卒은乘馬에疲흐고亞歷山도咽渴이甚흐지라下人이甲에

水를盛흐야捧呈흐되亞歷山이曰病渴은同흐니吾一人이엇지獨飮흐리오흐고不受

8

ㅎ니 士卒이 皆曰吾等도 渴症이 無ㅎ다ㅎ고 直驅前行ㅎ며 又捕獲ㅎ金額實物等은 一

히 分給ㅎ고 自己는 不取ㅎ고 又捕虜된 女子가 死ㅎ거늘 盛大ㅎ 禮로 葬ㅎ니 敵國波

斯國王「따리아즈」가 聞ㅎ고 크게 感服ㅎ야 曰萬一 我가 勝戰ㅎ면 亞歷山에게 謝禮ㅎ

지오 若不幸ㅎ면 亞歷山의 게 波斯土地를 悉皆讓與케ㅎ라고 神에 祈ㅎ事가 有ㅎ며 又

亞歷山이「따리아즈」의 死홈을 聞ㅎ고 悲泣ㅎ야 國王의 禮로 葬ㅎ얏스니 元來「따리

아즈」는 仁厚寬弘ㅎ 君王이라 讓地祈神ㅎ事가 凡庸에 比ㅎ빗아니러라

初에 亞歷山이 다이루라ㅎ는 處를 圍攻홀時에 「따리아즈」ㅣ 和親을 請ㅎ야 曰捕虜金

一萬「다렌도」를 賠償ㅎ고에 우후라도河로써 分境ㅎ야 西地를 與ㅎ다ㅎ거늘 亞

歷山이 諸大將과 台議ㅎ니 「파라루메니오ㅣ」曰吾가 亞歷山이면 不許ㅎ다ㅎ논지라

亞歷山이 曰吾가 「파루메니오ㅣ」면 此를 不許ㅎ다ㅎ고 相笑ㅎ며 又一彫刻師가 亞歷

山을 勸ㅎ야 曰즈레즈의 아쏘즈山은 遺像을 置ㅎ기 宜ㅎ니 此山에 王의 肖像을 彫刻ㅎ

야 後世에 永久留傳케홈이 何如ㅎ오 其處의 地形이 左에는 萬人以上의 大都台를 控ㅎ고

右에 눈 滾滾이 海에 注ㅎ는 急流의 大河을 眺ㅎ야 天然ㅎ 名山이라ㅎ더라 然이나 亞歷

五偉人小歷史　亞歷山大王

七

山이 不許ᄒ니 此는 其意에 如斯ᄒ 事도 不爲ᄒ야도 無妨ᄒ다 ᄒᆷ이오 亞歷山이 經過ᄒ

山과 河와 都와 海를 勿論ᄒ고 戰功의 紀念이 自有ᄒ야 于今ᄭ지 世人이 指點ᄒ고 今에

埃及에 지니 ㅣ루河近處에 아레구산또리아府 漢文의 亞歷山德 라ᄒ는 有名ᄒ 都會地가 有ᄒ

니 此는 亞歷山自己가 其名을 命ᄒᆷ이 니 此는 埃及에

구산또리아府라 名ᄒ處가 有ᄒ나 今에는, 다 其名을 變ᄒ고 亞細亞에도 五六個 아메

亞歷山의 紀念으로 最히 適宜ᄒ 名이라 故로 其名을 聞ᄒ면 其人을 追想ᄒ빌로다

閣龍

世人이 西半球를 新世界라 ᄒᆷ은 此半球가 後世에, 비로소 現ᄒ 故라 其發現의 顚末을

此에 詳記ᄒ노라

西曆 十三世紀頃에 西洋에 活字의 發明과 布織과 紙製가 出ᄒ야 宇內에 크게 開發ᄒ얏

거니와 支那 元國天子 成吉思汗時에 伊太利人「마루고포로ㅣ가 來仕ᄒ다가 歸國ᄒ는

時에 亞細亞南海岸에 沿ᄒ 印度로브터 波斯灣에 人ᄒ야 바구싸ㅣ또와 곤조단지노루

를 通過ᄒ야 土產의 珍寶와 玉石을 多數持去ᄒ야 人심게 言ᄒ야 曰 亞細亞南方에 有名

10

혼人家는金板으로覆호고奇麗혼香花가有호고黃金寶石이無數藏在호얏다云호더라

然이나何處로브터 此地에 往호지 亞非利加와 南岸을 航海호면 火燒와 如호日熱에 危險을冒호기難호며 又土耳其로브터 亞細亞에 渡코자호나 其時에 土耳其人이 小亞細亞地方에 在호야 妨害호니 此路로 往來가 不便호지라 如何호方法으로 渡去호리오호고各自思量홀時에 良好호 手段을 出혼 人이 有호니 卽 閣龍漢文의 可倫이라

閣龍은羊의毛織을 商業호는 人의子라 西曆 一千四百三十六年에 伊太利의 쪠노아市에서生호니卽 太宗十八年丙辰이러라

閣龍은長男이오「바ー소로미에」와「데ー고ー」라호는二弟와一妹가有호나 顯著호 行事가無호되其兄을因호야 世人이 其名을 知호니라

其親이閣龍을피비아의 大學校에 入學케호야 幾何學과 地理學과 天文學과 航海術等을受業호야 卒業호고 쪠노아 共和國에 水夫가, 되얏스나 幼少時브터 天體學과 地理學을甚好호는 故로漸漸此에 向호야 硏究호기로 圖畵로 職業을 삼아 立身의 事를 經營

九

호더라

一〇

閣龍도亞細亞에來코자호야初에四方으로航行호면其極樂地에達호리라호더니時

에其弟「바ー소로미에」가가리즈본에在호故로閣龍도亦其地에往호야圖畵로爲業

호다가其地에住居호伊太利人航海者의娘과結婚호야各色의海圖及測量器를持來

호故로閣龍의業이益好호더라

何故로閣龍은西方으로往호면亞細亞에達호리라호얏는뇨世界가未開호얏실時에

는地球를平호者로思量호고又는四角方形으로知호者ㅣ有호얏스되閣龍은地形을

球와如히圓形으로思量호故로東으로亞細亞에往코자호면西으로往호리니畢竟大

西洋은亞細亞, 歐羅巴間에在호海라호얏고又自古로西方에往호야大陸을見호얏

다호는傳言도有호고又는大西洋에往往奇麗호草木과木船等이流來홈도有호고或

은船中에서銅色의人體를見호事가有호故로閣龍은더욱西方에國이有호니其國은

卽亞細亞諸國이라西으로브터亞細亞에往홈은確然無疑호事ㅣ라호고金錢을準備

호야好世界의土地에往見호리라호야其心이恒常西向홈에在호더라

12

閣龍이비록此心이有ᄒᆞ나有力ᄒᆞ고富貴者及王의助力을不借ᄒᆞ면不能ᄒᆞᆯ지라然이나

世人은閣龍의說을不信ᄒᆞ며學者輩ᄂᆞᆫ曰如斯ᄒᆞᆫ事가決無ᄒᆞᆯ뿐外라又大海ᄂᆞᆫ可懼ᄒᆞᆫ

者라船이沉沒ᄒᆞ기容易타ᄒᆞ며又ᄂᆞᆫ閣龍은狂者와無異ᄒᆞ다ᄒᆞ며又其時에有力家와

各國王은戰爭을起ᄒᆞ야人國을奪ᄒᆞᆷ에만熱心ᄒᆞ고如斯ᄒᆞᆫ事ᄂᆞᆫ夢想에도不到ᄒᆞ더니閣

龍은自己의意思가正確ᄒᆞ야容疑ᄒᆞᆯ비無ᄒᆞᆫ故로人을對ᄒᆞ야說明ᄒᆞ더니不

幸ᄒᆞ야其妻가死ᄒᆞ고於焉間에財貨ᄂᆞᆫ日縮ᄒᆞ고借債가日加ᄒᆞ야高利의償貸ᄂᆞᆫ地圖

를執由ᄒᆞ라閣龍이七歲幼子를携ᄒᆞ고리즈폰으로逃亡ᄒᆞ야西班牙에往ᄒᆞ니其慘

狀은不忍形言ᄒᆞᆯ비라

如此可憐ᄒᆞᆫ父子二人이一分錢財가無ᄒᆞ야飢餓가太甚ᄒᆞ지라,이에안따루시아(地

名)에파로즈近地寺院에入ᄒᆞ야助給을請ᄒᆞ니其寺에在ᄒᆞᆫ僧이閣龍의言을聞ᄒᆞ

고其幼子를收養ᄒᆞ며閣龍을西班牙朝廷에薦擧ᄒᆞ니此時에西班牙王은「해루지난

도또」漢文의匡 오妃ᄂᆞᆫ「이사베」依廢 니歐羅巴强盛ᄒᆞᆫ國에豪傑王이라稱ᄒᆞ더라

閣龍이西班牙王及王妃의게參拜ᄒᆞ고智中의大計畫을遠ᄒᆞ나適其時에西班牙에서

五偉人小歷史　　閣龍

一一

무ㅣ아(地名)人을 征伐코자 ㅎ는 故로 王이 閣龍의 說을 不用ㅎ되 閣龍은 靈力 說明ㅎ

니 王이 其熱心을 驚服ㅎ야 諸臣과 議ㅎ되 皆新地理說을 不知ㅎ는 故로 皆反對ㅎ되 王

妃는 最初브러 閣龍의 說을 驚服ㅎ며 又는 熱心에 感動ㅎ야 宮中에 留宿케 ㅎ더라

其後國內가 平穩ㅎ야 다시 閣龍의 說을 相議ㅎ되 如前ㅎ야 決定이 無ㅎ니 閣龍이 宮

中에 留치 못ㅎ고 寺院으로 逃去ㅎ되 其僧이 王의게 書簡을 奉ㅎ야 드듸여 會議를 開

ㅎ야 閣龍의 說을 實地試驗케 ㅎ라ㅎ더라

然이나 又破議가 되거늘 閣龍이 英吉利와 佛蘭西로 往코자 ㅎ니 王妃「이샤쎄」가 使臣

을 遣ㅎ야 閣龍을 宮中에 呼入ㅎ야 評議를 歸決ㅎ니 此는 西歷 一千四百九十二年이오

我 成宗 二十三年 壬子 四月 十七日이라

當年 八月 二ㅁ에 드듸여 探險ㅎ기 爲ㅎ야 出帆ㅎ니 僅히 三艘의 小船이라 其第一船은

閣龍이 乘ㅎ빗니 僅히 百噸에 不過지라 今에 其事를 追想컨되 實로 大膽人이 아니면

此를 能行ㅎ者ㅣ 몇有ㅎ리오 其時에 乘組員은 百二十人이러라

時에 國人은 此艦隊를 無益ㅎ者라 ㅎ야 悲悵히 告別ㅎ며 乘組員은 狂者의게 迷惑ㅎ女

王을因호야身命을墮호줄로思호되, 오작閣龍은喜不自勝호야踴躍호더라

時에節期와天氣는和暢호고船이漸漸進行호니茫茫水路에日數가旣多호되陸地를

見호기不能호지라乘組員이心氣가悲悵호고不平호議論이頻出호야비록慰誘鎭定

호되衆心이擾亂호야閣龍을海에投호고歸國코자호더라

如此호際에船이漸漸進行호더니忽然히蘆根이浮來호며又果實이留着호木이며斧

痕이有호木板이며刀跡이有호棒等이流來호는지라陸地近境에到達홈을始知호야

喜悅호니時는當年十月十一日이라薄暮에閣龍이獨히甲板上에서遙見호니火光이

明滅호는지라閣龍이猶히疑訝曰此가星光이냐호고詳視호죽眞是火光이無疑라於

是에衆人을呼호야看視케호더라

翌朝에本艦에서鐵砲를發호야天地를動케호니是는陸地가有홈을知케홈이라閣龍

이此土地의提督又副王의名義로紫色大禮服을着호고一手에는西班牙國旗를持호

고一手에는釰을持호고船員一行을引率上陸호야賀語를相致호고此地를命名호야

曰산사루바도루라호고閣龍은此地로써亞細亞라호얏스나其實은閣龍의誤解라卽

一三

近日所稱빠하매島라士人은身軆가銅色과如호고又粧飾物로各種物을交換호는되

其金은南으로브러來호얏다호거늘更히南島를巡行호야기빠하이지의各島를發見

호後에此等島를西印度라稱호니此눈閣龍이此地로써印度西方이라호야紀念홈이

오亞美利加人을印度人으로知홈이러라

又翌年에第二次探險을爲호야出發호고又七年에至호야第三次出發호야亞米利加

의大陸을搜出호얏더니其後에殖民地로因호야各國이互相競爭호다가閣龍은本國

에歸호야死호니年이五十九러라大抵閣龍은大豪傑이라平生의壯懷를畢遂호야其

功蹟이世界的事業이되더라

　華盛頓（와신돈）

今에眞正호英雄豪傑은亞米利加의華盛頓이라其心이高尙호야自欺와欺人호눈事

눈寧死언졍不爲호니可謂世界에第一人이로다此人이西歷紀元一千七百三十二年

卽我　英祖八年壬子에亞米利加의우미루지니아（地名）에셔生호니兄弟가七人中

에華盛頓이其第三이오五年이十一歲에父親이死호더라

16

華盛頓이 幼時에 僅少호 敎育을 受호야 學問은 其淺호나 數學에 눈熱心호고 其運動은

或跳或躍호며 又角力(씨름)을 好호고 其後英國海軍의 軍人이 되고쟈 호니 此눈華

盛頓이 冒險의 事를 好호눈 故라 然이나 母親이 堅執호야 不得已學校에 人호더라

十六歲에 學校에 退出호야 其親戚[헤예—아핫구즈]伯의 所有地를 測量호니 其地가

深山谷間에 跨在호者—라 數學의 精微홈이 此에 現호더라

十九歲時에 佛蘭西及印度人이 英國殖民地를 來攻코쟈 호거눌英國이 防備코쟈 홀서

華盛頓도亦一方의 副官이 되얏다가 未幾에 泰領으로 升任호고 其後에 佛人과 戰爭호

야不少호 功績을 顯호니 此時브터 世人이 敬慕호더라

英國大將[뿌락돗구]—佛人과 戰호야 大敗호니 其戰爭이 激烈호야 大將八十六人中

에六人이 被殺호고 三十七人은 負傷호얏고 [뿌락돗구]도 銃傷을 受호야 死호더라 然

이나華盛頓은銃丸이 如雨혼中에 도大將의 命令을 傳호서 敵中으로 馳馬縱橫호다가

彈丸이 上衣를 射中호기 四次오 馬가 死호者—二頭로디 華盛頓이 不死호니 此눈天

生호異人이라 神明이 暗中救護홈이러라

五偉人小歷史　華盛頓

一五

向者其兄이病死한後其遺地론도벨논에駐居하고「가스데스」孃과結婚하야十萬佛

의土地를得하더라

二十六歲時에戰爭이畢한지라몬도벨논에셔農夫ㅣ되야耕作으로爲業하며其地紳

士와交際하야는快樂히田舍에生活하며狩獵을好하더니其時에又一週間에三四次出獵하며該

地共公事業에는恒常干涉하야談議하며仲裁하더니

로選擧하야雄辯으로大事를決斷하나他人과議論을爭치아니하고、다만自己思想

을陳述하며其他些少事에는干涉치아니하고凡百議事가、다德義에出하더라

時에英國은各色機械를發明하야商業이繁昌하나各方의戰爭을因하야財政이困難

한지라、이에亞米利加에印紙條例를發布하니此는英國이向日브터美人의母國에

處하야橫暴한事가有하거늘米國殖民地人民이紐育에會議를開하고「此殖民地에

서代議士를選出치아니하는英國國會에서印紙條例를發布하니我等은服從할義務

가無하다」決議하고印紙條例를廢止하얏더니更히茶와硝子(琉璃)紙物等輸入에

稅金을賦課하고軍隊를派送하야無理한事를行하고자하는지라、이에米國人이愈

18

甚不平ᄒᆞ야一州에七人式委員을選出ᄒᆞ야各州委員이취라데루취가府로會集ᄒᆞ니

위루지니아에셔눈七人委員中에華盛頓이亦被選ᄒᆞ지라此를有名ᄒᆞᆫ大陸會議라稱

ᄒᆞ더라

其後第二度大陸會議에英國과開戰ᄒᆞᆯ事를可決ᄒᆞ고華盛頓으로總督을任ᄒᆞ니此時

華盛頓은年이四十三歲라其後八年間에華盛頓의事蹟은亞米利加의歷史라稱ᄒᆞ더

라

翌年西歷千七百七十六年卽我 英祖五十二年丙申에亞米利加에셔獨立ᄒᆞᆯ事를各

國에通告ᄒᆞ니佛蘭西貴族「라ー화엣도」눈愉快ᄒᆞ事라稱ᄒᆞ고兵卒을募集ᄒᆞ야援助

ᄒᆞ며佛蘭西政府에셔도援兵을派遣ᄒᆞ더라

西歷千七百七十五年四月에開ᄒᆞᆫ흐레구시돈戰爭이米國獨立의第一戰이오其後第九

年卽西歷千七百八十三年九月에英國이米國의獨立을承認ᄒᆞ더라然이나敵國은世

界에最强ᄒᆞᆫ英國이라兵士와武器가精利ᄒᆞ되米國은兵士가不足ᄒᆞ고財政이窘乏ᄒᆞ

며武器도不完ᄒᆞ니戰爭이이엇지容易ᄒᆞ리오然이나華盛頓이痛苦를不避ᄒᆞ고艱險을

一七

19

一八

備經ᄒᆞ야畢竟獨立을完全케ᄒᆞ얏스니此ᄂᆞᆫ華盛頓의誠心에出ᄒᆞᆷ이라

華盛頓이戰爭을結ᄒᆞᆫ後總督의大任을辭ᄒᆞ고몬도벤돈으로歸去ᄒᆞ니大抵此時에大

戰을得勝ᄒᆞ야完全히獨立國이되얏스나戰後經營으로亞米利加의政治方法과戰時

費用의處理와其他事業을諮議ᄒᆞ기爲ᄒᆞ야취라데루취아府에聚集ᄒᆞ니故鄕에歸耕

ᄒᆞ야餘年을送코자ᄒᆞ던華盛頓이又議員으로被選이되나其時에各議員의決議로慈

法을制定ᄒᆞ며國會와大統領을置ᄒᆞ야治國方針을委任코자ᄒᆞᆯ서華盛頓이大統領에

被選ᄒᆞ니華盛頓은元來自己의所願이아니라然이나不得已赴任ᄒᆞᆫ다라

時에二個政黨이有ᄒᆞ나華盛頓은平和主義로凡百政治를行ᄒᆞ며其影響으로政府도

圓滿히組織ᄒᆞ더니四個年大統領滿期가되거ᄂᆞᆯ議會에서ᄯᅩ行政方針과戰後經營이

完實키前에ᄂᆞᆫ他人의게委任치못ᄒᆞᆫ다ᄒᆞ야ᄯᅩ華盛頓을强勸ᄒᆞ야大統領의再選이되

더니其後에ᄯᅩ被選ᄒᆞ거ᄂᆞᆯ固辭ᄒᆞ고鄕里에歸ᄒᆞ야農業으로歲月을送ᄒᆞ더라

歸鄕ᄒᆞ지二年半에一日은乘馬出遊ᄒᆞ다가是日은十二月極寒ᄒᆞᆫ時라風雪이大下ᄒᆞ

야感崇로第三日卽西曆千七百九十九年十一月十四日에卒ᄒᆞ니年이六十七이라此

20

訃音을聞호고亞米利加人은勿論호고歐羅巴人도皆悲哀歎惜호더라

華盛頓은世界에膾炙호仁人君子오坚英雄이라處事가方正호며心志가潔白호事는

拿破崙도不及홀지라拿破崙은共和政體를打破호고皇帝가되얏스니華盛頓이만일

此人과如히進된亞米加의皇帝가될지라向者大陸集會에서華盛頓을王으로推薦호

고凡百政治를委任코자호디華盛頓이大怒호야一層激論홈이戰端이起호時보다尤

其호니如此호故로合衆國의獨立이完成호지라此一事로觀홀지라도其明白正大호

心志는世界上에一人이되리로다

華盛頓은名將도아니며學者도아니라然이나凡百事爲가稱密綜詳호야日記에每日

買得호것과豫托호物品을一一히記錄호야保管호며몬도벨늬의總督을任홀時에도

恒常報告書類를親히發送及接受호며大統領을任홀時에도每週一次式管理者로호

야곰詳細호事實을報告케호야若書는紛忙中이라도親見호며該地人의게被選호야委員이되며

華盛頓은家計가饒富호야別로所求홀비ー無호며私慾이無호고

大將이되고畢竟大統領사지되얏스나一事도盡善치못홀비ー無호며

五偉人小歷史　華盛頓

一九

持心이潔白홈으로亞米利加人을代表홈이라華盛頓의名으로首府의名을定호야世

界에紀念遺傳호더라

華盛頓의體格은身長이六呎이오體重이二百二十封度더라

華盛頓은一子도無호나亞米利加人은言호되「華盛頓이亞米利加人의父ㅣ라」호니

實로壯호도다

涅爾遜

第十九世紀에英國豪傑은곳涅爾遜又曰郍이라世人이言호되「涅爾遜은英國軍人

의標準이라」호나此논英國軍人의標準뿐아니라世界各國人의徵則호人이오西洋

人이世紀라稱홈은百年을一世紀라호니十九世紀논卽西曆千八百年以後百年間의

事ㅣ라

涅爾遜이西曆千七百五十八年에英吉利노루호ㅣ루구에서生호니兒時브터大膽이

有호야將來에勇將될氣像이現호더라

涅爾遜이五歲에祖母家에在호야出門戲遊호다가日晚토록不還호니其祖母가驚訝

22

ᄒᆞ야四方ᄋᆞ로探問ᄒᆞ나影形이無ᄒᆞ더니旣而오見ᄒᆞ니涅爾遜이波濤가深險ᄒᆞ河流

邊에立ᄒᆞ야懼色이無ᄒᆞ고儼然ᄒᆞ狀이可觀ᄒᆞ지라其祖母ㅣ問曰「汝가恐懼치아니

ᄒᆞ며歸家ᄒᆞᆯ念이無ᄒᆞ냐」ᄒᆞ되答曰「恐懼치아니ᄒᆞ노라」ᄒᆞ며

九歲時에涅爾遜의母가死ᄒᆞ야叔父ㅣ「삿구린ᄉᆞ」ᄂᆞᆫ

海軍艦長이라涅爾遜이叔父의게海軍節制와海上의各種愉快ᄒᆞ事를聞ᄒᆞ고自己도

水夫될意를決定ᄒᆞ니其父親도其意를從ᄒᆞ야「삿구린ᄉᆞ」의게海軍에入叅

케ᄒᆞ니涅爾遜의時年이十二歲러라

十五六歲時에北極에探險ᄒᆞ기爲ᄒᆞ야英國에서二艘船을命送ᄒᆞᄂᆞᆫ지라涅爾遜의好

奇心과冒險心ᄋᆞ로同行코자ᄒᆞ야其將領의게請願ᄒᆞ나年期가未成ᄒᆞ야拒絶ᄒᆞᄂᆞᆫ지

라然이나此心이益堅ᄒᆞ야叔父[삿구린ᄉᆞ]의게强請ᄒᆞ야同行ᄒᆞ니此探險隊ᄂᆞᆫ遙遠

ᄒᆞ北緯八十度以上, 東經十八度以上에進航ᄒᆞ야空氣ᄂᆞᆫ甚寒ᄒᆞ고海水ᄂᆞᆫ結氷ᄒᆞ야

船이進行치못ᄒᆞ지라一行의辛苦가非常ᄒᆞ나涅爾遜은盡心盡力ᄒᆞ니船中人이, 다

感服ᄒᆞ더라一夜에ᄂᆞᆫ望臺에서守直ᄒᆞ다가甚大ᄒᆞ白熊을見ᄒᆞ고親友一人과共히白

五偉人小歷史

涅爾遜

(二)

23

熊을出擊ᄒᆞ니船中에셔ᄂᆞᆫ雲霧ㅣ四塞ᄒᆞ야兩人의去處ᄅᆞᆯ未詳ᄒᆞ더니翌朝三四時頃

에雲霧가晴ᄒᆞᆫ後에兩人이大熊과相戰ᄒᆞᆷᄋᆞᆯ見ᄒᆞ고船中에셔速히歸船ᄒᆞᄂᆞᆫ旗號ᄅᆞᆯ揮

ᄒᆞ야督促ᄒᆞ나從치아니ᄒᆞ고大熊과搏戰ᄒᆞ거ᄂᆞᆯ船長이其危險ᄒᆞᆷᄋᆞᆯ見ᄒᆞ고船中에셔

一次放銃ᄒᆞ니熊이大驚跳走ᄒᆞᄂᆞᆫ지라涅爾遜이歸船ᄒᆞ니船長이處身의危險ᄒᆞᆫ事ᄅᆞᆯ

責ᄒᆞ되涅爾遜이曰「我ᄂᆞᆫ其熊ᄋᆞᆯ殺ᄒᆞ고其皮ᄅᆞᆯ父親의게奉코자」ᄒᆞ다ᄒᆞ더라

涅爾遜의父도自己의子ᄅᆞᆯ批評ᄒᆞ야曰「此兒의性情이樹木에登ᄒᆞ야도第一上枝싸

지至치아니ᄒᆞ면不止ᄒᆞᆫ다」云ᄒᆞ얏스니其平生의功名ᄋᆞᆯ成ᄒᆞᆯ事ᄅᆞᆯ見ᄒᆞ면實로其父

親의批評과如ᄒᆞ더라然이나涅爾遜은體格이壯健치못ᄒᆞ고虛弱ᄒᆞᆫ人이라幼時에ᄂᆞᆫ

瘧疾로困苦ᄒᆞ얏스며乘船ᄒᆞᆯ時에도病氣를因ᄒᆞ야屢次危境에至ᄒᆞ얏스니故로英國

人이言ᄒᆞ되我國을爲ᄒᆞ야回生ᄒᆞ이라ᄒᆞ더라가忽然이自思ᄒᆞ야曰「我國을爲ᄒᆞ며

면死ᄒᆞᆷ만如치못ᄒᆞ다ᄒᆞ고海中에投코자ᄒᆞ다가忽然이自思ᄒᆞ야曰「我國을爲ᄒᆞ며

我若主를爲ᄒᆞ야此一身을供獻ᄒᆞᆯ지라엇지落膽ᄒᆞ리오大丈夫行事가如何ᄒᆞᆫ困難이

有ᄒᆞ야도前進ᄒᆞ리라」決心ᄒᆞ더라自此로體格의健壯與否ᄂᆞᆫ勿論ᄒᆞ고第一軍人에

24

必要ᄒᆞᆫ것은精神의充實ᄒᆞᆷ이니精神이充實ᄒᆞ면眞正心이有ᄒᆞ야忠誠과勇敢이多ᄒᆞ

니世界人이海陸軍을不問ᄒᆞ고軍人에有志ᄒᆞᆫ人은涅爾遜을效則ᄒᆞᆯ지어다

涅爾遜이北極에行船以來로印度、加奈陀、亞美利加等國에巡行ᄒᆞ야海軍上에ᄂᆞᆫ經

驗을得ᄒᆞ야世界에서推仰ᄒᆞ며其功名을世界에大振ᄒᆞᆷ은佛蘭西戰爭以後ㅣ러라

時에亞米利加ㅣ獨立ᄒᆞ고千七百八十九年에佛蘭西에서大騷動이起ᄒᆞ야國民이朝

廷과貴族等을反對ᄒᆞ야其王을殺ᄒᆞ고共和政治를發布ᄒᆞ니此ᄂᆞᆫ歷史上에佛蘭西大

革命이라英國에서ᄂᆞᆫ其事가自國에波及ᄒᆞᆯ가恐ᄒᆞ야千七百九十三年에英、佛戰爭

이起ᄒᆞ니西班牙와和蘭이佛蘭西를救援ᄒᆞ더라

涅爾遜이此戰爭에勇氣와膽略으로戰鬪ᄒᆞ다가一目에中丸ᄒᆞ며ᄯᅩ一腕이截斷ᄒᆞ얏

스나셴도빈셴도岬의戰과니ㅣ루河의戰과고펜하ㅣ겐의戰爭은가쟝有名ᄒᆞ戰爭이

라然이나涅爾遜의最後도라ᄒᆞᆯ사루戰爭만記載ᄒᆞ노라

此時歐羅巴各國이佛蘭西를敵國으로待遇ᄒᆞ나佛蘭西ᄂᆞᆫ拿破崙이出ᄒᆞ야歐羅巴各

國을破ᄒᆞ고共和政治를廢止ᄒᆞ고畢竟佛蘭西皇帝가되며歐羅巴各國이皆征服國이

五偉人小歷史　涅爾遜

二三

25

되나唯獨英國은其命令을不從ᄒ더라

此時拿破崙의形勢ᄂᆞᆫ百戰百勝이라多數兵十을募集ᄒ야英吉利海峽을經ᄒ야二十

四時間以內로英吉利首府倫敦을陷落코자ᄒ시大西洋의西便으로航海ᄒ야英吉利

의艦隊ᄅᆞᆯ誘引ᄒ다가夜間에間道부ᅵ론ᅵ으로從ᄒ야攻擊코자ᄒ더라然이나此時

에涅爾遜은提督으로凱旋艦을乘ᄒ고日夜로賊의事情을偵探ᄒ더니敵艦의去處가

未詳ᄒ지라追去ᄒ야南方亞弗利加海岸方面으로走下ᄒ다가다부라루다루西北에

在ᄒ도라할새루ᅵ라ᄒᄂᆞᆫ處所에서大戰ᄒ니涅爾遜은此回에敵艦을討滅치못ᄒ면

自己性命을棄ᄒ리라ᄒ고凱旋艦에서各艦에旗號로命令ᄒ되「英國은各人이其義

務ᄅᆞᆯ盡ᄒ기ᄅᆞᆯ望ᄒ노라」ᄒ되各艦도拍手喝采ᄒ야答ᄒ더라涅爾遜이智慓에各勤

章을佩ᄒ고禮服으로號令을發ᄒ니部下諸人이曰「如此ᄒ服裝은敵의指目이되기容

易ᄒ니服裝을改착ᄒ라」ᄒ되涅爾遜이答曰「不然ᄒ다我ᄂᆞᆫ名譽로此ᄅᆞᆯ領收ᄒ것

이니名譽로此ᄅᆞᆯ着ᄒ고死ᄒ리라」ᄒ더라

此時佛蘭西艦隊ᄂᆞᆫ西班牙艦隊와聯合ᄒ니合四十艘오英吉利艦隊ᄂᆞᆫ三十二艘ᅵ라

라佛蘭西艦隊는半月形으로立ᄒᆞ되涅爾遜은部下艦隊를二枝로分ᄒᆞ야敵艦의中間

을切斷코자ᄒᆞᆯᄉᆡ其一隊를指揮ᄒᆞ야、곳敵艦의提督艦을進衝ᄒᆞ니敵의砲擊이萬酷

ᄒᆞ야部下死傷이多ᄒᆞ지라然이나涅爾遜은懼色이無ᄒᆞ고號令을發ᄒᆞ야指揮ᄒᆞ더니

午後一時頃에敵艦에서發ᄒᆞᆫ砲丸이不幸히左肩에中ᄒᆞ니軍醫等이大驚ᄒᆞ야水兵과

合力ᄒᆞ야涅爾遜을扶起ᄒᆞ야提督室로移ᄒᆞ고軍醫가看病ᄒᆞ니涅爾遜이曰「我를看

護치말고兵士等의負傷을救ᄒᆞ라」ᄒᆞ더라

醫員이診察後涅爾遜이、오히려各將領의게命令ᄒᆞ더니艦長을召ᄒᆞ야問曰「戰鬪의

形勢가今日은如何ᄒᆞᆫ뇨」ᄒᆞ거늘艦長이曰「今日은甚好ᄒᆞ야敵艦十艘를沉沒ᄒᆞ얏노

라」ᄒᆞ되涅爾遜이大喜ᄒᆞ야曰「我가死ᄒᆞ거든此頭髮을我妻의게傳ᄒᆞ라」ᄒᆞ는지라

艦長曰「軍醫가ᄒᆞ되提督의傷處가不久에痊可ᄒᆞ리라ᄒᆞ니安心ᄒᆞ소서」ᄒᆞᆫᄃᆡ提督

曰「肩部ᅵ全斷ᄒᆞ얏스니엇지痊愈기를望ᄒᆞ리오」ᄒᆞ는지라艦長이含淚ᄒᆞ고甲板으

로歸ᄒᆞ더라

五偉人小歷史　　涅爾遜

涅爾遜이如此히病臥時에波濤는洶湧ᄒᆞ고砲聲이轟烈ᄒᆞ야世界大勢를定ᄒᆞᄂᆞᆫ激戰

二五

아라 時時로 喝采호는 聲이 英艦兵士間에셔 出홈을 聞호고 半生半死中에도 顏貌는 華麗호며 笑色씬이라 艦長이 又至호야 曰「大勝戰大勝戰이여 敵艦十五艘를 擊沉호얏노라」호디 涅爾遜이 聞호고 大喜호야 曰「兩次에 二十餘艘를 擊沉호얏스니 大勝戰의라 神의게感謝호 事를表호라 余의 義務를 今日에 完結이라」호고 千古의 英雄 涅爾遜은午後四時三十分에 卒호더라

此戰에 만일 勝捷치 못호얏스면 英吉利는 佛蘭西의 領地가 되겟거놀 涅爾遜一人이 有호야 佛蘭西海軍을 되라 활싸루에서 大破호며 뜨우에린돈又ᇏ은 陸軍을 와루데루로|에셔 大破호니 有名호 拿破崙도 歐洲並吞의 事權이 失敗호고 畢竟帝位도 失호고 亞弗利加센도헤레나島로 流配호더라 大抵涅爾遜은 英國軍人의 標準으로 英國人이 尊敬홈은 當然호事라 如此호 軍人이 有홈을 因호야 海軍이 最强호며 世界中强國으로 英推仰호더라 涅爾遜의 死는 英國人은 勿論호고 歐羅巴人이 皆誠心으로 哀惜호고 英國朝廷에서도 極히 優待호야 其兄弟의게 伯爵을 授호며 年給이 六千磅이오 姉妹의게는 年給一萬磅과 十萬磅의 資産을 下호고 紀念像과 紀念碑는 處處에 堅立호고 國葬으로

28

葬호시 皇族及名譽人이 儀式에 叅與호며 鉛으로 製造호 棺은 遺物로 配付호며 葬式에
用호던 旗는 兵士의게 分給호야 名譽가 有호 紀念物로 保管호더라

彼得大帝 페대루

露西亞라 稱호면 世界强國의 一이라 獨逸、英吉利、佛蘭西、墺地利 等國과 比肩호야
五强國이라 唱호느니 露國은 英國과 法國과 갓치 往昔에 開化호 國이아니라 其開化가
最晩호니 西洋人이 云호되「第十八世紀初ᄭ지 露西亞人은 歷史上에 顯出치아니호
이얏다」호더라 第十八世紀頃에 非凡호 豪傑皇帝가 出호야 文明國이 되니
된 露西亞에 元來브터 居住호는 人種은 스라부ᅵ니 丁抹에서 노루만이라 稱호는 人種
호라 歐洲諸國을 蹂躪호야 수에 英吉利와 佛蘭西 等國이 擧皆 其害를 受호며 其國王이 成
事도 有호니 露西亞도 其一이라「루ᅵ리구」라 稱호는 人이 비로소 露西亞의 基礎를 成
니 西曆 八百六十二年이라 其後로 支那에 蒙古라 云호 國이 起호야 各處를 征伐호나 露
西亞도 其時에 蒙古의 蹂躪을 未免호얏스나 수에는 露西亞ᅵ라 云호면 最大强國이오
其時에는 實로 弱少호 國이라 바루도 海ᅵ며 廔羅와 黑海도 其境界 以外에 在호더니 수日

五偉人小歷史　彼得大帝

二七

29

에最大强國이되기는前陳혼豪傑皇帝의事業이라皇帝라云홈을露西亞에서는「쎄ー

ー라稱호더라

豪傑皇帝卽쎄ー는西曆千六百七十二年에生혼彼得이니彼得의祖父ㅣ時에前陳혼

「루ー리구」의系統이絕호고「미가에루,로마ー노후」라云호는人이露西亞의쎄ー

가되니其人이現今露西亞皇帝의先祖가되더라

「미가에루」後에其子「아레기시스」오其次에는「최ー오또루」오其後를承호者는其

弟彼得이니年이十歲라攝政호는姊「소휘아」는大惡人이라彼得을廢位코자호거늘

彼得이計策으로「소휘아」를僧寺院에幽호더라彼得은性質이粗荒혼青年이라

其히質朴혼氣像으로何事이던지能行호나其姊「소휘아」ㅣ彼得을陵侮호고惡漢을

親近호야惡行을行케호니故로彼得은惡혼性質은敎育이不完全혼故러라彼得은

凡常혼人物이,아니라自初로自己의短處에注意호야改過로爲主호며各事物의理

를未知호면大事를難成혼다호고歐洲諸國事情을聞호면其方法을模範코자호야

先由來호던騎兵을廢止호고歐洲諸國의兵隊編制法으로組織호며其時에瑞典, 人

은바루도 海岸을保持ᄒᆞ며 土耳其人은黑海를領有ᄒᆞ얏스나露西亞ᄂᆞᆫ尺寸의海岸이

無ᄒᆞᄂᆞᆫ彼得이言ᄒᆞ되此가露西亞의缺點이라ᄒᆞ고國勢를盛大코자ᄒᆞ야海軍을編

成ᄒᆞ시當時에露西亞ᄂᆞᆫ艦隊라稱ᄒᆞᄂᆞᆫ言語도無ᄒᆞ얏스니其國事情을可히推察ᄒᆞ지

로다

이에彼得이艦隊를編制ᄒᆞ고또河를流下ᄒᆞ야千六百九十六年에土耳其人과開戰ᄒᆞ

야아쏘우를占領ᄒᆞ고黑海의關門이라稱ᄒᆞᆯ處를占領ᄒᆞ더라

露西亞에서ᄂᆞᆫ外國에出ᄒᆞᆷ을不好ᄒᆞ나彼得은言ᄒᆞ되國人을外國으로派遣又移住ᄒᆞᆷ

은知識을博케ᄒᆞ며狹小ᄒᆞᆫ意見을改良ᄒᆞᄂᆞᆫ方法이라ᄒᆞ고靑年等을日耳曼, 伊太利,

和蘭等國에派遣ᄒᆞ며自己도各國을巡覽코자ᄒᆞ야和蘭公使를隨行ᄒᆞ서, 다만從者

의資格으로出發ᄒᆞ더라

彼得의一行이第一로리사河를渡ᄒᆞ며普魯西를經ᄒᆞ야和蘭으로行ᄒᆞ야암스델듬에

서各處를巡視ᄒᆞ나其中에가장感服ᄒᆞᆯ事ᄂᆞᆫ써ᅵ루듐村에造船場이有ᄒᆞ거늘彼得이

곳造船場에入ᄒᆞ야職工으로勞動코자決心ᄒᆞ이라天子의地位로公使의從者가되야

五偉人小歷史　彼得大帝　　二九

外國에 旅行호야 事도 未解호事오 又卑賤호 一職工으로 勞動코자호는事는 實로 世人이

驚動호事ㅣ러라

彼得이 폐데루、미가에로후라 改名호고 씨ㅣ루넘 造船場에 入호야 卑賤호職工等과

結好호며 衣服飲食도 他職工과 同一히호니 其初에는 誰가 露西亞天子로 知호리오 自

己의 本分이 綻露호後에 彼得은 一向平氣로 造船事務를 完全히 學習호며 夜中에는

本國大臣等의게 行政方針을 書面으로 指揮호며 又和蘭國에 駐割호 露西亞公使와 事

務를 相議호야 尺寸의 間隙이 無호더라

彼得이 坯和蘭語를 學호며 築城學과 土木學을 學호며 解剖學을 研究호며 外科도 能通

호며 又各種의 製造와 工業의 諸會社를 舉皆詳密히 視察호더라

和蘭에 滯留호지 十個月間이라 其後로 英吉利에 往호야도 和蘭에서 行호

과갓치 各色事物에 注目호야 國勢를 見호며 造幣局을 巡視호며 大學制度를 視察호야

見聞을 廣大케호며 又포ㅣ쓰누스에서 海軍의 演習을 見호고 大喜호야曰「我는 露西

亞의 天子ㅣ되는것버덤 英國의 海軍大將이 되는것이 愉快호다」호더라

32

其他造船塲에 入호야 見習호며 數學及航海術을 研究호야 大利益을 得호고 또한 六百九

十八年末에 英國에서 發程호야 和蘭에 暫時滯留호다가 維也納으로 行호야 獨逸帝와

會見호고 滯留호더니 本國에서 近衛兵의 騷動를 聞호고 急히 歸國호더라

此時ᄭᆞ지ᄂᆞᆫ 彼得의 準備時代ㅣ니 各色事物을 研究호야 貯蓄호지라 今後브터 其準備호

各項事物을 實際로 應用홀 時代ㅣ니 歐洲諸國에서 學習호 事를 自己國에 施行호야 國

勢를 盛大케 호니 如何호 事에 先히 着手호얏ᄂᆞ냐 호면 第一로 斡稅를 賦課호니 大抵露

西亞服裝은 東洋服裝과 恰似호야 萬事에 不便호 衣服이더니 其服裝制度를 改호야 身

體에 適合케 호며 가장 有名호 事ᄂᆞᆫ 數多호 裁縫師와 斷髮師를 各都門에 置호고 往來호

ᄂᆞᆫ 人民의 衣服을 改製호야 身體에 適合케 호며 鬚이 有호 人은 其鬚을 剃去호며 曆을 變

호야 其年 九月 一日을 正月 一日로 定호니 人民 等이 驚動호야 日月의 順路를 天子ㅣ 變

遷호얏다 云호며 其他外國에서 有名호 技術者와 工學者等을 多數聘用호야 各色製造

塲과 會社를 創建호며 航海術과 農業과 牧畜과 文明國에 必要호 事業을 ᄒᆞᆯ히 新設호야

게 敎授호며 大學校와 專門學校와 書籍館과 博物館과 植物園과 印刷所等을 新設호야

五偉人小歷史　　彼得大帝

三二

實行ᄒᆞ기로決心ᄒᆞᆫ事ᄂᆞᆫ擧皆實施ᄒᆞ며改革ᄒᆞ야貴族의不平과人民의不服을不問ᄒᆞ고國民의永遠ᄒᆞᆫ利益을計圖ᄒᆞ야野蠻의露西亞가世界의文明强國이되더라

彼得의改革은國內事에專心ᄒᆞ얏스나自此로外國에關ᄒᆞᆫ事業을陳述ᄒᆞ노라

彼得이爲先黑海艦隊를置ᄒᆞ며ᄯᅩᆫ河와보루새河를結合코자ᄒᆞ며바루도海에一港灣을占得코자ᄒᆞ나바루도海ᄂᆞᆫ當時有名强國瑞典에서領有ᄒᆞ얏스며瑞典王「가로로」十二世도亦英雄이라彼得은丁抹과波蘭國王과結合ᄒᆞ야瑞典과戰을始ᄒᆞ니敵「가로로」王은有名ᄒᆞᆫ將略이라彼得이屢次敗ᄒᆞ얏스며其時에彼得은出兵ᄒᆞ야芬蘭을取ᄒᆞ며네바河口에新都를建設ᄒᆞ니此ᄂᆞᆫ有名ᄒᆞᆫ베데루부루ᄭᅳ라舊都모스구바ᄂᆞᆫ內、地에有ᄒᆞ야外國과 貿易ᄒᆞ기에適當치、못ᄒᆞᆷ을因ᄒᆞ야 바루도海에都府를設코자ᄒᆞ더니今에其目的을達ᄒᆞ니西曆千七百三年이라此戰爭은歷史上에北歐戰爭이라ᄒᆞ야有名ᄒᆞ나「가로로」王이푸루도와에서彼得의게大敗ᄒᆞ야勢力이漸次로不振ᄒᆞ야戰死ᄒᆞ고露西亞ᄂᆞᆫ瑞典의게바루도海의東岸土地를得ᄒᆞ더라

彼得이裏海碇舶場을取코자ᄒᆞ야波斯를征伐ᄒᆞ니故로露西亞ᄂᆞᆫ彼得의誠心熱性으

로國運이 大振호며 領土를 擴張호나 然이나 彼得이 五十四歲時에 熱病을 因호야 死호

니 此는라 쓰애 湖에서 巨艦이 沈沒홈을 見호고 敎授코자호야 水中에 入호다가 病氣가

生홈이오卽 西曆千七百二十五年이러라

彼得以前에 露國은 野蠻國이라 港灣도 無호며 領土도 其狹호 國이러니 彼得이 文明의

風俗과 開化를 模範호야 歐洲强國에 比肩홈을 得호며 露國을 世界에 發布호다라

彼得이 尊貴호 身分을 不思호고 卑賤호 職工이되야 職業과 學問을 硏究홀 精神과 百折

不撓호는 氣像은 實로 敬服홀비라 露西亞의 今日 形勢를 保持홈은 全然히 彼得의 誠心

熱性이라 故로 世人이 彼得을 大帝라 稱호다라

彼得大帝以後로 立호 「써ー」中에 有名호 王「가다리나」二世ー라 호는 女王이니 普魯

西와 墺地利와 露西亞三國이 同盟호야 波蘭을 分割홀 王도卽 「가다리나」二世女王이

오現今 露國皇帝는 「니고라이」니 西曆千八百六十八年에 誕生호얏스며 西曆千八百

九十一年 皇太子時에 日本國에 漫遊호얏스며 西曆千八百九十四年에 卽位호나라

五偉人小歷史終

五偉人小歷史   彼得大帝

三三

光武十一年五月十八日發行

光武十一年五月十日　印刷

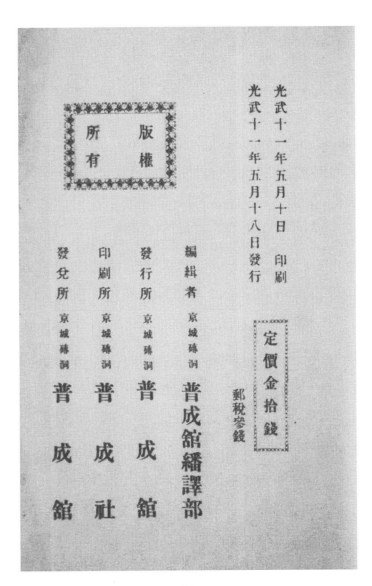

版權
所有

定價金拾錢

郵稅參錢

編輯者　京城磚洞　普成館繙譯部

發行所　京城磚洞　普成舘

印刷所　京城磚洞　普成社

發兌所　京城磚洞　普成舘

36

五偉人小歷史

- 『오위인소역사(五偉人小歷史)』

  이능우(李能雨) 역, 보성관(普成館), 1907.5.

여기서부터 영인본을 인쇄한 부분입니다. 이 부분부터 보시기 바랍니다.

손성준

성균관대학교 동아시아학술원을 졸업했고, 현재 같은 기관 교수로 재직 중이다. 주요 논저로 『대한자강회월보 편역집』(공역), 『투르게네프, 동아시아를 횡단하다』(공저), 『근대문학의 역학들 - 번역 주체·동아시아·식민지 제도』, 『완역 조양보』(공역), 『완역 태극학보』(공역), 『완역 서우』(공역), 『중역(重譯)한 영웅 - 근대전환기 한국의 서구영웅전 수용』, 『대한제국과 콜럼버스』, 『한국근현대번역문학사론 - 세계문학·동아시아· 중역』(공저) 등이 있다.

근대계몽기 서양영웅전기 번역총서 01

오위인소역사
: 알렉산더·콜럼버스·워싱턴·넬슨·표트르 약전

2025년 4월 25일 초판 1쇄 펴냄

옮긴이 손성준
발행인 김흥국
발행처 보고사

책임편집 이경민
표지디자인 김규범

등록 1990년 12월 13일 제6-0429호
주소 경기도 파주시 회동길 337-15 보고사
전화 031-955-9797
팩스 02-922-6990
메일 bogosabooks@naver.com
http://www.bogosabooks.co.kr

ISBN 979-11-6587-834-4 94810
       979-11-6587-833-7 (세트)
ⓒ 손성준, 2025

정가 16,000원

이 책은 2018년 대한민국 교육부와 한국연구재단의 지원을 받아 수행된 연구임
(NRF-2018S1A6A3A01042723)